모니카,
모니카

도서
출판 바람꽃

사랑하는 황이에게

차례

모니카, 모니카

#1장

시디플레이어에서 벨리니의 〈청교도〉가 흘러나온다. 2017년 베로나 오페라 페스티벌 실황음악이다. 은수는 음악회가 열린 베로나의 아레나 원형극장에서 그 음반을 구입했다. 은수는 노트북을 켜고 작업 중이던 한글문서 창을 띄운다. 마지막으로 손보던 문장 끝에서 커서가 깜박이고 있다.

희곡의 줄거리를 여러 개 장면으로 나누고 등장인물에게 지문과 대사와 액션을 주는 작업은 언제나 더디게 진행된다. 작중 인물과 하나가 되려면 온전히 그가 살아온 삶의 방식에 공감해야 되기 때문이다. 희곡의 주인공은 삼십 대 후반의 여자다. 극중 딸이기도 한 그녀는 엄마를 밖에 내다버릴 생각이다. 엄마에게 폐기물 딱지를 붙이는 딸의 행동을 관객은 이해할 수 있을까.

은수조차도 받아들이기 힘들다. 그러나 딸은 엄마를 버려야 살 수 있다. 은수는 그녀가 이제 엄마의 굴레에서 벗어나 자유로워지길 바란다. 딸의 이름은 '모니카'다.

은수는 무대로 등장한다. 안이 들여다보이는 교실이 있다. 은수는 까치발을 들고 교실 안을 살핀다.

은수 : 모니카, 너 아직도 거기 있니?
얇게 코 고는 소리.
은수 : 모니카, 그만 자고 일어나. 해가 중천에 떴어.

모니카는 대답이 없다. 모니카를 떠올리면 언제나 허기가 진다. 쓰린 속을 달래며 은수는 냉장고 문을 연다. 냉장고의 환한 불빛 아래 계란이 나란히 놓여 있다. 두 개를 꺼낸다. 흰 사기그릇에 계란을 풀고 소금 한 꼬집을 넣는다. 손가락으로 찍어 간을 본다. 침이 고인다. 프라이팬을 달구고 기름을 두른다. 달궈진 팬에 계란을 붓자 청량한 소리가 난다. 치이익 치익. 프라이팬 위에 노란 꽃밭이 펼쳐진다. 은수는 접시에 밥을 담고 그 위에 계란 지단을 올려놓는다. 모니카의 도시락이다.

*

모니카는 그해 사월에 전학을 왔다. 학기 중간에 전입하는 아이들은 대부분 안 좋은 소문과 함께 왔다. 왕따를 당했다는 설, 장기결석생이었다는 설, 연애 사건이 있었다는 설 등이 그것이었다. 그러나 모니카에게는 하나가 더 붙어 있었다. 놀랍게도 임신했다는 설이었다. 단지 설이었을 뿐인데도 아이들은 그 애의 배가 둥글게 부풀어 올랐다가 바람이 꺼지듯 홀쭉해진 날을 목격한 것처럼 말했다. 아궁이에 불을 땠으니까 굴뚝에서 연기가 나겠지. 근거 없이 소문나는 거 봤어? 수업 시간에 경계하라고 배웠던 성급한 일반화의 오류였지만 아무도 이의를 제기하지 않았다. 모니카의 코가 조금만 낮았다면 상황이 달라졌을까. 그 애의 얼굴은 대리석으로 만든 조각처럼 완벽했다. 특히 미간에서부터 시작된 곧고 날렵한 콧날은 누구도 갖지 못한 것이었다. 아이들은 삼삼오오 모여 그 애의 과거를 부풀렸다. 아름다운 피사체를 향한 질투의 한 방식이었다.

전학 오던 날, 모니카는 담임 수녀님을 따라 은수의 반으로 들어왔다. 수녀님은 창고에서 책상을 들여와 창가 쪽 뒷줄에 모니카의 자리를 배치했다. 은수의 왼쪽 자리였다. 이학년 여덟 개 반 중에서 하필 은수의 반이었을까. 일반 담임은 그 반에서 일등급이 가장 많이 나와야 직성이 풀리는 수학 선생이었고, 이반은 센 아이들이 일으키는 크고 작은 문제 때문에 담임이 자주 병가를 내는 반이었으며, 삼반은 수업 시간에 아이들과 눈도 못 마주치는 수줍은 총각 선생이 담임이었다. 그렇게 손가락으로 꼽다 보니 꼬리표를 달고 온 문제 학생을 받아줄만한 반이 없었다. 아이들은 담임 수녀의 오지랖 때문이라고 쑥덕거렸다. 모니카가 본명이라는 거 알고 있지? 하모니카도 아니고, 권모니카가 뭐냐? 분명 골수 천주교 집안일 거야. 다른 반에서 발뺌하니까 담임이 수호천사를 자처한 거겠지. 수녀님은 수호천사, 그럼 우린 디아블로가 되는 건가? 목소리 큰 오락부장의 말에 아이들은 박수를 치며 웃었다. 디아블로가 주는 악동적인 느낌 때문이었다. 수업 종이 울리자 아이들은 앞다투어 화장실을 빠져나갔다. 뒤에 처져 마지막으로 나오던 은수는 칸막이 안쪽에서 물 내리는 소리를 들었다. 은수는 교실에 들어와 교과서를 꺼내고 의자를 당겨 앉았다. 옆자리가 비어 있었다. 앞문으로 영어 선생님이 들어올 때 뒷문도 함께 열렸다. 모니카였다. 손을 씻었는지 모니카의 손에서 물방울이 뚝뚝 떨어졌다.

모니카는 말이 없는 아이였다. 쉬는 시간이면 무표정한 얼굴로 창밖을 바라보거나 내내 엎드려 있었다. 그림자처럼 소리 없이 앉아 있다 돌아가는 그 애를 보며 아이들은 고개를 갸우뚱했다. 임신은 노는 부류에서 일어나는 사건이었고 그 애들은 화장을 하거나 담배를 피우는 등

금지된 행동을 곧잘 했다. 임신설을 퍼뜨린 아이는 학원에서 주워들은 이야기라며 슬그머니 발뺌을 했다. 연예인의 가십에 모니카 이야기가 맞물리며 오해가 생긴 모양이라고 말을 바꿨다. 한 달이 지난 후에야 모니카는 자신도 모르게 새겨진 주홍글씨를 지우고 아이들의 세계에 온전히 편입되었다. 선입견을 걷어내자 모니카는 차라리 평범한 축에 속했다. 돋보이는 얼굴이었지만 표정이 없어서인지 꽈리가 터지듯 잘 웃는 생기발랄한 십팔 세 소녀들 사이에서 존재감이 없었다. 은수는 모니카에 대한 소문이 활활 타오르다가 점차 사그라드는 과정을 지켜보았다. 모니카는 여전히 말이 없었다. 은수는 복잡한 내면을 감추고 있는 아름다운 그 애의 얼굴이 좋았다. 그러나 선뜻 다가갈 수 없는 아우라가 있었다. 모니카는 로터리 한가운데에 서 있는 동상 같았다. 은수는 그 둘레를 회전하는 차들 중 하나였다.

모니카의 얼굴을 볼 때마다 은수는 미술실에 처박아둔 그림을 떠올렸다. 종교수업 시간에 영화를 본 뒤 어떤 열기에 휩싸여 그리던 그림이었다. 2월에 종교 수녀님은 〈25시〉영화를 보여줬다. 루마니아 사람 요한 모리츠의 파란만장한 일대기가 러닝 타임 134분에 담겨 있었다. 은수와 아이들은 그 지루한 영화를 보고 주말과제로 감상문을 제출했다. 아름다운 풍경도, 의상도, 로맨스도 없는 투박한 화면 속에서 은수가 건진 베스트 장면은 요한이 강제노동수용소에서 독일군 장교에 의해 순수 혈통의 아리아인으로 발탁되는 순간이었다. 종교 수녀님은 은수의 감상문을 아이들에게 읽어주었다.

"게르만 민족 연구가인 독일군 장교는 진정한 아리아인의 후예를 찾았다며 요한의 얼굴에 윤곽 측정기를 들이댔다. 요한의 우뚝 솟은 콧날과 강인한 턱 선은 거푸집에서 막 찍어낸 주물처럼 윤곽 측정기와 정확히 일치했다. 장교는 드디어 먼 옛날 헝가리까지 건너간 정통 아리아인의 혈통을 찾았다며 흥분했다. 요한의 얼굴은 독일의 인종 우월주의를 선전하는 잡지에 실렸다. 그는 루마니아 태생의 순박한 농사꾼이었다. 그러나 전쟁의 소용돌이 속에서 유대인으로, 헝가리인으로, 독일인으로 모습을 바꿔야 했다. 전쟁이 끝나고 요한은 독일 잡지에 실린 이력으로 군사재판에 회부되었다. 죄를 묻는 판사에게 요한은 이렇게 말했다. 나는 영문도 모른 채 팔 년 동안 이리저리 끌려 다녔습니다. 그는 마지막 장면에서 웃는 듯 우는 듯한 표정을 지었다. 그것은 누구나 지을 수 있는 표정이 아니었다. 시계에도 존재하지 않는 25시를 살고 있는 사람만이 지을 수 있는 표정이었다."

수녀님은 영화의 주제를 한마디로 요약했다. 수난 속에서 삶의 아름다움을 믿고 견디는 사람은 25시를 극복할 수 있다고 했다. 사제였던 원작자 게오르규 말이라고도 했다. 은수는 요한의 삶보다 안소니 퀸의 얼굴에 꽂혔다. 안소니 퀸은 천의 얼굴을 갖고 있었다. 울고 웃고 기뻐하고 괴로워하는 표정으로 다양한 감정을 전달했다. 은수가 그렸던 석고상에는 표정이 없었다. 은수는 복합적인 감정을 지닌 인물화를 그려보고 싶었다. 레오나르도 다빈치처럼 같은 모델에게서 예수와 유다의 얼굴을 동시에 발견하고 싶었다. 은수는 하얀 도화지에 그림을 그리기 시작했다. 처음에는 타원형으로 얼굴의 윤곽만 그렸다. 여자 같기도 남자 같기도 한 얼굴이었다. 은수가 이젤 앞에 오래 머물수록 도화지 속 얼굴은 황금비율에 가까워졌다. 가로와 세로의 비율, 눈과 코와 입의 구도는 흠잡을 데가 없었다. 그러나 표정을 넣는 일은 쉽지 않았다. 실재하지 않는 얼굴에는 생명력이 없었다. 은수는 차츰 흥미를 잃었고 그림을 미술실 한쪽에 처박아두기에 이르렀다. 모니카는 그런 은수를 다시 이젤 앞으로 불러들였다. 모니카 얼굴은 요한의 그것처럼 많은 말을 감추고 있었다. 은수는 창밖을 바라보는 척 모니카의 옆얼굴을 관찰했다. 은수는 마음속으로 제작한 윤곽 측정기를 갖다 댔다. 빈틈없이 딱 들어맞았다. 은수의 그림에 생기가 돌기 시작했다.

모니카가 다시 화제의 중심으로 떠오른 것은 그 애의 노래 실력 때문이었다. 내면은 감출 수 있어도 목소리는 감추지 못하는 법이었다. 음악 담당 수녀님은 성악을 전공한 것에 자부심이 대단해서 수업시간마다 청음과 시창을 빠뜨리지 않았다. 그러나 청음은 그렇다 쳐도 시창이 문제였다. 악보를 읽지 못하는 아이들이 태반이었다. 수녀님은 선창과 후창의 방법으로 노래를 가르쳤다. 목련꽃 그늘 아래서 베르테르의 편지 읽노라. 구름 꽃 피는 언덕에서 피리를 부노라. 아이들은 계단식 교실에 앉아 노래를 따라 부르며 성악가의 꿈을 좌절시킨 그녀의 검은 수녀복을 내려다보았다. 그녀의 결정적인 흠은 고음이 불안하다는 것이었다. 고음에서 음을 이탈한 적이 몇 번 있었지만 그녀는 꿋꿋하게 시창을 이어갔다. 그녀를 대신할 사람이 없으니 음 이탈을 하는 선창과 목을 쥐어짜는 후창은 악순환을 거듭하였다. 모니카는 따라 부르기만이 제대로 된 음정 교육을 시킬 수 있다고 믿는 그녀를 시창의 굴레에서 해방시켰다.

그날은 가창 평가가 있는 날이어서 아이들은 발목에 족쇄가 채워진 듯 무거운 발걸음으로 음악실을 향했다. 피아노 반주도 없이 생목으로 노래 한 곡을 완창하는 일은 부르는 이도 듣는 이도 고역이었다. 음정이 제멋대로인 경우에는 고통이 배가되었다. 친구에 대한 예의로 웃음을 참느라 안면 근육에 경련이 일 정도였다. 주여, 우리를 불쌍히 여기소서. 은수는 연중행사로 열리는 미사 시간에 장난스럽게 따라 하던 기도문을 간절히 외고 있었다. 노래를 마친 아이는 얼굴이 홍당무가 되어 자리로 돌아갔다.

다음 순서는 모니카였다. 또 하나의 희생양이 교단에 오르는 것을 바라보며 은수는 아랫배에 힘을 주었다. 노래가 끝날 때까지 긴장의 끈을 늦추지 말아야 했다. 한번 웃음이 터지면 막을 수 없다는 것을 잘 알고 있었기 때문이다. 모니카의 노래가 시작되었다. 한 소절을 불렀을 때 아이들은 목소리의 주인공이 누구인지 확인하려고 고개를 들었다. 고통의 시간이 아니라 모처럼 은혜의 시간이 될 것 같았다. 오, 맑은 햇빛 너 참 아름답다. 폭풍우 지난 후 너 더욱 찬란해. 시원한 바람 솔솔 불어올 때 하늘의 밝은 해는 비친다…… 모니카의 음색은 맑고 깨끗했다. 음정이 정확하고 저음에서도 울림이 강했다. 노래는 고음으로 이루어진 후반부로 가고 있었다. 아이들은 숨도 크게 쉬지 않았다. 모니카의 고음은 망설임 없이 한 줄기 빛처럼 쭉 뻗어 올라갔다. 오솔레, 오솔레 미오. 스탄프론테아 테, 스탄프론테아 테. 바이올린의 현처럼 가늘고 높은 목소리의 끝을 모니카는 잔물결 같은 비브라토로 부드럽게 분산시켰다. 모니카가 가뿐히 오른 정상에는 시원한 바람이 불고 있었다. 귀가 깨끗이 정화되는 느낌이었다. 노래가 끝나자 우레와 같은 박수가 쏟아졌다. 오락부장이 음악회의 커튼콜처럼 입술을 비틀어 삐익 소리를 냈다. 모니카의 이탈리어 발음은 성악을 전공했다는 수녀님보다 더 자연스러웠다. 은수는 먼 훗날 그 이유를 알게 되었다. 모니카는 이탈리아 태생이었다.

모니카의 노래 솜씨는 그 애를 긍정적으로 바라보게 했다. 조용한 성격을 문제 삼던 아이들도 태도가 달라졌다. 목을 보호하기 위해 그런 거 아니냐며 모니카를 변호하고 나섰다. 쉬는 시간마다 모니카는 아이들에게 둘러싸였다. 아이들은 노래를 잘하는 방법에 대해 질문 공세를 퍼부었다. 모니카는 맞다, 아니다 식으로 짧게 대답했다. 핑퐁처럼 주고받는 대화로는 수다를 떨기 어려웠다. 결국 아이들은 자기들끼리 웃고 떠들었다. 기름과 물처럼 겉도는 느낌이었지만 그런대로 평화가 이어졌다. 평화가 깨진 것은 점심시간이었다. 모니카는 늘 혼자 밥을 먹었다. 시장통으로 변하는 교실 한구석에서 도시락 뚜껑을 반쯤 열고 조용히 밥을 먹었기에 옆자리의 은수조차도 그 애의 반찬을 본 적이 없었다. 그날 몇몇이 의기투합하여 모니카의 가방에서 도시락을 꺼내 뚜껑을 활짝 열었다. 밥 위에는 얇게 부친 계란 지단 한 장이 덮여 있었다. 이게 뭐야? 다이어트 해? 묻는 말에 대답하지 않고 모니카는 벌게진 얼굴로 도시락 뚜껑을 탁 닫았다. 뭐래? 아이들은 제 도시락을 챙겨 자기 자리로 돌아갔다. 계란 지단 사건은 꼬리에 꼬리를 물고 퍼져나갔다. 복도 끝 반에 이르러서는 모니카네 집이 양계장을 한다는 서사가 완결되어 있었다.

2장

딸은 장갑을 끼고 바퀴가 달린 소파를 밀며 무대로 등장한다. 소파에는 폐기물 배출신고를 마친 물건이라는 딱지가 붙어 있다. 딸은 주위를 살피다가 쓰레기가 쌓여 있는 가로등 옆에 소파를 버린다. 딸은 목장갑을 벗어 쓰레기 더미에 버리고 돌아선다. 소파에서 멀어지던 딸이 무언가 잊었다는 듯 다가와 종이를 붙여놓고 소리 내어 읽는다.

　　　모니카 : 누구든 가져가도 좋아요. 그러나 너무 가까이하지는 마세요. 삶이 고통스러워질 테니까요.

딸은 어두운 거리에 소파를 놓아두고 집으로 들어간다. 벨리니의 성악곡이 애절하게 흐른다. 그리운 이여, 돌아와 주오. 당신의 엘비라에게 돌아와 주오. 엘비라는 사랑을 잃고 실성했다.

　　　소파가 된 엄마 : 엄마 말 들어야 착한 아이지. 모니카, 엄마와 아빠는 에덴에서 추방당했단다. 그러니까 탐식을 경계해야 해. 원죄를 속죄해야지. 자, 계란 먹자. 착하지, 우리 아기.

커서는 소파를 두고 멀어지는 딸의 발자국을 따라 깜빡인다. 한 남자가 다가와 소파를 집으로 가져간다. 남자는 소파를 집에 들여놓는 순간부터 육식을 거부하기 시작한다. 고기 굽는 냄새에서 지독한 악취를 맡는다. 남자는 앞집에 쫓아가 싸움을 벌인다.

이웃 1 : 내 집에서, 내가 좋아하는 돼지고기를 먹었는데, 내게 무슨 문제라도 있다는 거요?

남자 : 돼지고기라구? 이건 분명 썩은 쥐 냄새야.

이웃 1 : 당신 미쳤군. 똑똑히 봐. 비계, 살, 비계. 삼겹살 맞지?

남자 : 저리 치워! 그게 뭐든 썩은 냄새가 난다니까.

남자는 코를 싸쥐고 돌아선다. 이웃은 멀어지는 남자를 향해 손가락을 빙글빙글 돌린다. 남자는 집으로 돌아와 부드러운 계란찜과 프라이와 스크램블드에그를 먹는다. 그러나 곧 모든 일이 소파로 인해 벌어진 일이라는 걸 깨닫는다. 소파는 다시 버려진다. 현명한 사람들이다. 딸은 소파가 옮겨졌다가 다시 돌아오는 과정을 묵묵히 지켜본다. 사람들이 하루도 견디지 못하는 것을 딸은 칠 년 동안 겪었다. 엄마가 어린 딸에게 허락한 단백질은 계란이 유일했다.

*

    은수는 그날 아침 특별한 요리를 만들었다. 엄마가 싸놓은 도시락을 한쪽으로 치우고 삼색 유부초밥을 만들기 위해 참치 캔과 계란과 애호박을 꺼내놓았다. 이번엔 또 누구야? 젯밥에만 신경 쓰다가 대학에나 가겠니? 쯧쯧. 엄마가 마스카라를 그리다 말고 참견을 했다. 엄마는 은수가 친구를 새로 사귈 때마다 도시락을 공들여 싼다는 것을 알고 있었다. 바쁘신데, 화장이나 마저 하시죠. 은수도 지지 않고 말했다. 엄마가 회사에서 승진하는 것과 화장이 요란해지는 것과 퇴근이 늦어지는 것과의 상관관계를 묻고 싶었지만 꾹 참았다. 은수는 참치 캔에서 기름을 빼고 고추장과 참기름을 섞어 빨긋하게 색을 냈다. 계란을 풀어 노란 스크램블드에그를 만들고 호박을 볶아 연두색 고명을 만들었다. 고소한 냄새에 콧노래까지 흘러나왔다.

    지난주에 있었던 미술 실기평가는 자기 손을 그리는 것이었다. 은수는 왼손을 책상 위에 올려놓고 오른손으로 소묘를 시작했다. 사각사각. 조용한 교실에 연필이 스케치북과 맞닿아 일으키는 마찰음만 가득했다. 다들 열심인데 모니카는 멍하니 앉아 스케치북만 바라보고 있었다. 은수는 입모양으로 물었다. 뭐 해? 모니카는 두 손을 교차하여 엑스 자를 만들었다. 은수는 모니카의 스케치북을 슬쩍 옮겨와서 대강의 형태를 잡아주었다. 그리고 스케치북 한쪽에 깨알 같은 글씨로 설명을 덧붙였다. 명암은 전체적으로 보지 말고 부분적으로 봐. 손가락 하나를 보면 가장 밝은 곳 옆에 어두운 곳이 있을 거야. 자세히 관찰하면 가장 짙은 어둠도 있어. 이렇게 삼 단계로 명암을 넣어. 가장 밝은 곳, 어두운 곳, 가장 어두운 곳. 선생님께 제출한 모니카의 그림은 엉성했지만 최하 점수인 D보다 한 단계 높은 C+를 받았다. 모니카는 은수에게 미소를 지어 보였다. 처음 보는 모니카의 미소였다. 은수는 며칠 전 모니카에게 미술실을 구경시켜주기로 약속했다. 오늘이 바로 그날이었고 은수는 모니카와 삼색 유부초밥을 나눠먹을 생각으로 마음이 부풀어 있었다.

은수는 밥에 식초를 한두 방울 떨어뜨렸다. 시큼한 냄새가 미각을 자극했다. 고명을 넣어 비빈 밥을 유부에 꾹꾹 눌러 담고 한 줄씩 색깔별로 도시락에 넣었다. 냉장고 야채 칸을 열어 바나나와 사과도 챙겼다. 왜, 냉장고를 아예 들고 가지 그래? 엄마의 잔소리가 현관문을 나서는 은수의 뒤통수로 날아들었다.

강당 밑에는 음악실과 종교실, 상담실, 가사실 등 여러 특별실이 복도를 사이에 두고 양 옆으로 배치되어 있었다. 미술실은 그중 하나였고 뒤 건물에 가려져 빛이 잘 들어오지 않았다. 은수는 열쇠로 문을 따고 들어가 형광등 스위치를 올렸다. 테레빈유와 물감 냄새가 훅 끼쳤다.

은수는 어질러진 미술실이 마치 제 탓인 양 허둥거리며 치웠다.

책상 위에 보자기를 펼치고 삼색 유부초밥을 꺼내놓자 모니카의 눈이 휘둥그레졌다. 이게 다 뭐야? 은수는 자랑스레 말했다. 너랑 같이 먹으려고 내가 만들었지. 모니카는 난감한 표정을 지었다. 이런 거 못 먹는데…… 은수는 그 말을 곧이곧대로 듣지 않았다. 다른 아이들처럼 다이어트를 하는 거라고 생각했다. 은수는 모니카 앞에 도시락을 밀어놓았다. 딱 하나만, 내 성의를 봐서라도. 모니카는 고개를 저었다. 모니카의 반응을 예상 못한 건 아니지만 은수는 서운한 마음이 들었다. 은수는 오기가 생겨 모니카의 입에 참치초밥을 들이밀었다. 모니카는 어쩔 수 없다는 듯 입을 벌렸다. 거봐, 맛있지? 은수의 말이 끝나기도 전에 모니카는 손으로 입을 틀어막고 밖으로 뛰쳐나갔다. 모니카는 화장실 변기에 먹던 것을 다 토했다. 모니카의 입에서 말간 침이 흘러내렸다. 괜찮아? 은수는 어쩔 줄 몰라 하며 휴지를 내밀었다. 내가 좀 예민해서…… 모니카의 눈은 붉게 충혈되었다. 거식증 같은 거야? 은수는 걱정이 되었다. 섭식장애래. 맵고 짜고 단 음식들을 못 먹어. 모니카는 심상하게 말했다. 뭐야, 그럼 뭘 먹어? 무슨 맛으로 먹어? 은수의 말에 모니카는 아무렇지도 않다는 듯 대답했다. 음식에 맛이 있다고 생각해본 적 없어.

모니카는 평소처럼 제 도시락을 먹었다. 계란지단과 밥 한술, 다시 계란지단과 밥 한술. 대여섯 번을 반복하자 식사가 끝나버렸다. 먹성 좋은 은수가 두 사람 몫의 유부초밥을 남김없이 먹어치우는 동안 모니카는 자리에서 일어나 천천히 미술실을 둘러보았다. 모니카가 이젤 앞에 멈춰 섰다. 은수의 그림이었다. 은수는 아차 싶었다. 그림을 미처 치워놓지 못했던 것이다. 미완성 그림은 안경을 쓰던 사람의 얼굴에서 안경을 걷어낸 것과 같았다. 안경테라는 포인트가 사라진 밋밋한 얼굴처럼 미완성 그림 역시 허술했다. 화폭에는 무수한 선을 지운 흔적들로 가득할 터였다. 온통 까매. 이 그림, 추상화야? 모니카가 손짓으로 은수를 불렀다. 은수는 그림을 아무리 못 그렸어도 추상화로 보일 리 없다고 생각하며 이젤 앞으로 갔다. 하얀 도화지 가득 빈틈없이 낙서가 되어 있었다. 흰 종이 위에 빼곡하게 휘갈겨 쓴 낱말은 '백합'이었다. 검게 도배된 낙서를 보며 은수는 창피함으로 얼굴이 달아올랐다. 은수는 그것이 흔히 말하는 백합꽃이 아니라는 것을 눈치챘다. 여학교에서 친구들끼리 미묘한 감정이 싹트는 것은 자연스러운 일이었다. 단짝이 된 아이들은 서로의 마음을 끊임없이 의식하고 의심하고 확인했다. 온종일 붙어 다니고 수업시간에 몰래 쪽지를 보내고 교환 일기를 썼다. 은수의 서랍에도 나눠쓰던 교환 일기장이 서너 권 들어 있었다. 백합은 그보다 깊은 관계를 뜻하는 은밀한 언어였다.

이따위 유치한 낙서를 한 아이가 누굴까. 미술실 출입이 자유로운 미술부원 중 짐작되는 아이가 하나 있었다. 유리라는 일학년 아이였다. 유리는 기본 실력이 없어서 미술 선생님이 받아주지 않자 매일 그림을 한 장씩 그리겠다는 각서를 쓰고 들어왔다. 감정 기복이 심하고 생각 없이 말을 내뱉는 유리를 미술부원들은 좋아하지 않았다. 그러거나 말거나 유리는 날마다 미술실에 들러 은수 옆에서 그림을 그렸다. 미술반 반장인 은수의 이젤에 초콜릿을 올려놓기도 했다. 유리는 그림을 그리는 내내 종알거렸다. 은수는 난청이 생길 지경이었으므로 귀에 이어폰을 꽂고 음악을 들었다. 음악이 끊기는 사이사이 유리의 수다가 후렴구처럼 끼어들었다. 은수는 유리의 그림을 찾아 연필로 휘갈긴 사인을 찾았다. 백유리. ㅂ을 쓸 때 둥근 바구니를 만들고 가로 획을 긋는 방식이 똑같았다. 은수는 유리의 성격을 잘 알고 있었다. 그 애는 자신이 원하는 것을 반드시 얻고야 마는 성격이었다.

은수가 모니카와 친해진 것은 열흘이 채 되지 않았다. 은수는 그 기간 동안 유리와 자주 마주쳤다. 처음엔 화장실을 다녀올 때였다. 유리는 붙임성 있게 다가와 은수 옆의 모니카에게 인사했다. 언니가 모니카 언니죠? 진짜 이뻐요! 다음부터는 매일 마주치다시피 했다. 그 모든 만남이 우연을 가장한 유리의 의도적인 접근이었던 셈이다. 은수는 소름이 돋았다. 유리의 낙서는 더 이상 모니카와 가깝게 지내지 말라는 경고였다. 자신을 봐 달라는 메시지기도 했다. 은수는 지금까지 유리가 준 초콜릿에 손도 대지 않았다. 유리 엄마가 자모회장이라는 걸 알고 난 뒤였다. 학교를 자주 드나들면 선생님들과도 친해지기 마련이었다. 낙하산으로 들어온 유리를 인정하고 싶지 않았다. 은수는 무관심으로 일관했다.

은수는 유리의 낙서가 가득한 그림을 세로로 길게 찢었다. 공들여 그린 모니카의 얼굴이 잘게 조각났다. 은수는 유리의 정물화 스케치 위에 짙은 4B 연필로 글씨를 써 나갔다. 세상에서 가장 어려운 일은 사람이 사람의 마음을 얻는 일이라는 걸 알게 될 거야. 어린왕자에 나오는 글귀였다. 은수는 영문을 모르는 모니카를 데리고 교실로 돌아왔다. 그날부터 보란 듯이 모니카와 붙어 다니기 시작했다. 유리가 미술실에 들어오면 그림을 그리다 말고 밖으로 나갔다. 은수는 유리에게 진 싸움이라는 걸 깨닫지 못했다. 유리는 어린왕자의 글을 누가 썼는지 확인하는 대신 휴지통에 처박는 것으로 상황을 종료했다. 호수에 돌을 던지고 떠난 것이다. 그러나 은수는 호수의 파문을 지켜보고 있었다. 은수가 그림을 게을리 하는 동안 유리는 미술실 지킴이가 되어 있었다. 유리는 미술 선생님의 개인지도로 차곡차곡 실력을 쌓아갔다.

학교를 졸업한 뒤 은수는 자주 그때를 떠올렸다. 유리와 가깝게 지냈다면 상황이 달라졌을까? 모니카는 노래를, 자신은 그림을 계속할 수 있었을까? 알 수 없다. 분명한 것은 시간을 되돌린다 해도 모니카와 같은 시간, 같은 공간에 머물 것이라는 것이다. 성모동굴의 자갈 밟는 소리와 엉덩이에 차갑게 닿던 대리석 의자와 까만 밤하늘과 싱그러운 풀냄새와 뺨에 남아 있는 얼얼한 통증까지. 오감으로 받아들인 기억은 전각처럼 몸에 새겨졌다. 은수는 동일한 감각이 찾아올 때마다 괴로웠다. 모니카와 보낸 팔 개월은 팔 년이 아니라 팔십 년이 지나도 잊을 수 없을 것 같았다. 영혼이 데칼코마니처럼 닮은 친구는 인생에 단 하나뿐이라는 것도 알게 되었다.

은수가 태어나서 처음으로 뺨을 맞은 날은 여름방학을 앞 둔 칠월이었다. 며칠째 계속된 찜통더위는 열대야로 이어졌다. 천장에서 돌아가는 선풍기 바람마저 열기를 뿜어내고 있었다. 은수는 공부하던 것을 챙겨서 살그머니 복도로 나왔다. 복도에서 손짓하는 은수를 보고 모니카도 따라 나왔다. 둘은 감옥을 탈출한 죄수들처럼 해방감을 느끼며 성모동굴로 달렸다. 둘이 걸을 때마다 바닥에 깔린 자갈에서 버석대는 소리가 났다. 이리 와, 여기가 지저스 의자야. 은수는 모니카의 손을 잡아끌었다. 지저스 의자? 모니카가 놀라서 되물었다. 그런 게 있어. 은수는 지저스의 사연을 모니카 귀에 대고 소곤거렸다. 밤공기는 아주 멀리까지 소리를 실어 날랐다.

마르고 키가 커서 지저스라 불리는 국어 선생님은 야간자습시간에 대리석 의자에 혼자 누워 있곤 했다. 시인인 지저스의 수업은 교과서의

틀에 갇히지 않아서 인기가 좋았다. 반면 떠드는 아이들을 통제하지 않아서 그걸 싫어하는 아이들도 있었다. 오후 시간에는 나직나직한 음성을 자장가 삼아 졸기도 했다. 가끔 지저스는 수업을 하다 말고 먼산바라기를 했다. 그럴 때 그는 쓸쓸해 보였다. 은수는 미술실 선배들에게 전교조 이야기를 들은 적이 있다. 전교조가 결성됐을 때 지저스는 각서를 써서 유임되고 다른 한 명은 해직되었다고 했다. 지저스가 쓴 시에 예수를 팔아넘긴 유다 같은 심정이었다고 고백한 구절도 있다고 했다. 봄밤에 은수는 대리석 의자 위에 긴 상체를 뉘고 잠든 지저스를 보았다. 은수는 자갈 밟는 소리가 날까 봐 살금살금 걸어서 그곳을 떠났다.

은수는 방금 빠져나온 삼 층 교실을 바라보았다. 지저스의 시처럼 교실이 기차의 객차처럼 보였다. 작년 교지에 지저스의 시가 실렸다. 지금 이 시간도 세상의 교실은 불을 환히 밝히고 허공을 질주한다. 객차 여덟 량에는 승객이 사십 명씩 타고 있다. 목적지가 같다는 것은 목적지가 없다는 것과 다르지 않다. 기차의 종착역에서 승객 두 명이 파리한 얼굴로 플랫폼에 내린다. 기차는 지친 승객을 태우고 다시 여행길에 오른다. 밤은 더욱 캄캄한 밤으로 깊어간다…… 정확히 기억나지 않지만 대충 그런 내용이었다. 지저스의 시는 우울했다. 지저스의 우울은 은수를 불편하게 했다. 그의 내면에 각서를 쓴 인격과 그 행위를 후회하는 인격이 공존하고 있었다. 둘은 서로를 비추며 괴롭혔다. 은수는 고통스러우면 그만 두라고 말하고 싶었다. 길이 아니면 기차에서 내리라고. 그걸 알면서도 내리지 못하는 것이 어른들의 삶일까?

은수가 지저스를 이해하게 된 것은 졸업한 뒤였다. 지저스는 해직된 선생님들이 복직되던 해에 학교를 떠났다. 지저스가 기차에서 내리지 않았던 이유는 밤의 기차에서 내릴 수 없는 아이들의 길동무가 되기 위해서였다.

그래서 이 의자가 지저스 의자란 말이지? 모니카는 기지개를 쭉 펴더니 의자에 상체를 뉘였다. 그 바람에 일어난 은수는 의자에서 천천히 성모동굴로 걸어갔다. 성모동굴은 대리석으로 지어진 삼 미터 높이의 아치형 조형물이었다. 깊은 동굴이라기보다는 작은 바위굴 형태였다. 그 안에서 발을 뻗고 앉으면 등이 벽에 닿을 것 같았다. 동굴 입구는 다듬지 않은 회색빛 대리석이 위에서부터 내려와 절반쯤 가리고 있었다. 그것은 잘려진 절벽처럼 안쪽 공간을 가렸다. 동굴 내부에는 석고로 만든 작은 성모상과 초를 올려놓는 대리석 받침대가 있었다. 밤의 성모동굴은 신비로웠다. 동굴 안쪽의 어둠 속으로 들어가면 헤롯왕을 피해 이집트로 가고 있는 성모와 아기 예수가 잠들어 있을 것 같았다.

은수는 의자로 돌아갔다. 너, 대회가 언제라고 했지? 모니카가 걱정스레 물었다. 모니카는 은수가 미술실에 가지 않는 것을 염려했다. 시월이야. 슬럼픈가 봐. 빨리 시작해야 하는데. 은수는 유리 때문이라고 말하지 않았다. 너 마리아칼라스 알아? 모니카가 물었다. 은수는 고개를 끄덕였다. 수녀님이 틀어준 영상에서 그녀는 목이 드러난 드레스를 입고 노래했다. 한 마리 백조처럼 고고한 모습이었다. 허리가 휠 듯야윈 몸에서 굵은 중저음의 소프라노가 흘러나와서 은수는 깜짝 놀랐다. 깊고 풍부한 울림이었는데 그게 또 가슴을 후벼 팠다. 마리아칼라스가 원래 뚱보였다는 거 알아? 노래도 잘하고 연기력도 뛰어났지만 뚱뚱해서 인정을 못 받았대. 근데, 반전이 있어. 뉴욕 메트로폴리탄 극장에서 러브콜을 보냈을 때 그걸 거절했다는 거야. 이유가 궁금하지? 웃음거리가 될까 봐 그랬대. 나비부인 역이었는데 팔십 킬로가 넘는 거구로 가냘픈 게이샤를 연기할 수 없다고 거절했대. 그때부터 다이어트를 시작해서 몇십 킬로그램을 뺀 거지. 얼마나 힘들었을까. 그런 생각을 하게 돼. 아름다운 것들은 다 고통을 감추고 있다고. 은수는 모니카가무슨 말을 하려는지 알 것 같았다. 유리가 일으킨 호수의 파문이 잦아들고 있었다. 그러나 은수는 일부러 호숫가를 떠나지 않고 뭉그적거렸다. 아름다운 호수에서 모니카와 산책하는 시간을 멈추고 싶지 않았다.

모니카는 그녀가 롤 모델이라고 했다. 유명한 아리아 몇 개는 외워부른다고 했다. 은수는 모니카에게 노래를 청했다. 정결한 여신 부를수 있어? 모니카는 손사래를 쳤다. 여기서? 시끄러워서 안 돼. 은수도물러서지 않았다. 작게 부르면 되지. 노래 불러주면 나도 너 그려줄게.

모니카의 눈이 커다래졌다. 모니카는 은수가 그린 그림을 갖고 싶어 했다. 모니카, 미술실 복도에 있는 그림 봤지? 우유 따르는 하녀. 나는 그걸 보면 기분이 좋아져. 건강한 하녀가 매일매일 우유를 따르고 있잖아. 그것처럼 그려 줄게. 모니카가 반대 의견을 제시했다. 하녀는 무슨 죄야? 하루도 아니고 몇백 년 동안 우유만 따르잖아. 나는 하녀 그림 싫어. 은수는 모니카를 골려주고 싶었다. 그러면 이름을 붙이면 되겠네. 우유 따르는 모니카. 어때? 훨씬 인간적으로 보이지? 모니카가 은수의 등을 때렸다. 은수는 매를 피해 달아나다 말고 모니카를 가로등 밑에 세웠다. 여기에 서 봐. 은수는 모니카의 포즈를 잡아주었다. 고개를 갸웃이 기울이고 우유를 따르는 동작이었다. 노란 가로등 불빛이 모니카의 짧은 커트머리와 전체적으로 마른 실루엣을 비추었다. 은수는 공책에 빠르게 크로키했다. 모니카의 부엌 창으로 아침 햇살이 환하게 비칩니다. 모니카는 지금 식탁에서 우유를 따르고 있습니다. 쪼르륵, 우유 따르는 소리가 들리죠? 어디선가 구수한 빵 냄새가 풍겨옵니다. 화덕인가요? 아, 오븐이군요. 모니카는 우리에게 영원히 계속되는 인류의 아침을 선사하고 있답니다…… 끝, 다 그렸어. 은수는 모니카에게 그림을 내밀었다. 거기에는 우유를 따르는 모니카가 역동적인 선으로 그려져 있었다. 와, 정말 잘 그렸네. 근데 너무 말랐다. 모니카는 공책을 소중하게 가슴에 안았다. 그러니까 살 좀 찌워. 무슨 하녀가 그렇게 비리비리

해? 우유병 들 힘도 없겠다. 일단 계란만 먹는 습관부터 고쳐. 은수의 잔소리가 늘어졌다. 모니카가 은수의 입을 막았다. 알았어, 그만해. 노력하면 되잖아. 노력한다는 말만으로도 은수는 마음이 놓였다.

은수는 모니카가 음악 수녀님 대신 선창을 할 때마다 조마조마했다. 노래를 부르는 일은 칼로리가 많이 드는 일이었다. 살을 빼러 노래방에 간다는 애들이 있을 정도였다. 모든 것에는 양면성이 있는 것인지 모니카의 얼굴이 점점 창백해지는 것에 반하여 노래는 더욱 청아해졌다. 은수는 종종 두려운 생각이 들었다. 종교 수녀님은 스스로 기아에 빠지는 방법으로 자발적 고행을 선택했던 중세 수녀들의 예화를 들려주었다. 단식이 주는 영혼의 고양에 대해서였다. 성경에 자주 등장하는 사십 일간의 단식이 신을 만나는 통로였다는 것도 알게 되었다. 은수의 두려움은 모니카에게 닿아 있었다. 모니카 역시 자발적 고행이 아닌지 염려스러웠기 때문이다. 약속! 은수는 모니카의 새끼손가락에 고리를 걸었다. 원인을 짐작할 수 없지만 모니카는 무언가와 힘겨운 싸움을 하고 있었다. 은수는 모니카의 마음이 열리기를 바랐다. 마주 건 손가락이 따뜻해졌다.

누구야! 누가 여기서 떠들고 있어! 쇳소리처럼 굵고 탁한 목소리가 밤공기를 갈랐다. 무섭기로 소문난 학생주임이었다. 은수와 모니카는 자동적으로 부동자세를 취했다. 학생주임은 들고 있는 지시봉으로 배를 꾹꾹 찔렀다. 니들이 여기서 떠들면 애들이 공부를 못하잖아! 다들 쥐 죽은 듯이 공부하는 거 안 보여! 학생주임의 고함에 야간자습을 하던 아이들이 창문가로 우르르 몰려들었다. 소란은 학생주임이 피우고 있었다. 고요한 밤공기를 타고 뺨을 때리는 소리가 공명했다. 은수와 모니카는 공평하게 뺨을 한 대씩 나눠 맞았다.

그날 듣지 못했던 모니카의 노래는 개교기념일 행사인 백합제에서 들을 수 있었다. 백합제의 하이라이트는 소프라노 독창이었다. 작년에는 이학년 선배가 구노의 아베마리아를 불렀다. 백합제가 끝나고 은수네 학년에 팬클럽이 생겨서 그 선배는 한동안 초콜릿을 달고 살았다. 백합제 전, 선배와 모니카는 나란히 음악실로 불려갔다. 두 사람은 차례로 노래를 불렀다. 선발의 기준은 알 수 없었지만 선배가 울면서 먼저 음악실을 나왔다. 모니카로 낙점되자 복도에 미묘한 기류가 흘렀다. 선배들은 복도를 지나갈 때마다 눈을 부라렸다. 은수네 학년은 벽에 일렬로 서서 선배들이 지나갈 때까지 입을 다물고 있어야 했다. 교실로 찾아와 모니카를 복도로 불러내고 머리끝에서 발끝까지 스캔하는 선배들도 있었다.

모니카는 그 모든 시샘과 불신을 한순간에 가라앉혀버렸다. 오오오오, 카스타디바. 야유 섞인 웅성거림이 가라앉은 것은 모니카가 원어로 첫 소절을 부른 뒤였다. 모니카의 노래는 강당에 물무늬를 그리며 파도처럼 퍼져나갔다. 강당은 찬물을 끼얹은 것처럼 삽시간에 조용해졌다. 천여 명에 가까운 전교생은 강당 바닥의 접이식 의자에 앉아 모니카의 노래를 들었다. 천상의 목소리는 때론 잔잔하게 때론 드높은 파고로 휘몰아치며 천여 명의 영혼을 전율시켰다. 은수는 무대 위에서 프리마돈나처럼 빛나는 모니카를 바라보며 처음으로 외롭다는 생각을 했다. 여전히 자신은 모니카의 주변을 스쳐 지나는 차들 중 하나였다. 그러나 졸업 앨범에 실린 모니카의 사진을 보며 은수는 자신이 틀렸다는 것을 알았다. 백합제 사진에 실린 두 장 모두 모니카는 몸을 오른쪽으로 틀고 삐딱하게 서 있었다. 모니카의 시선이 머무는 곳에 은수의 반이 있었다.

#3장

딸은 벽을 더듬어 전등 스위치를 올리고 두 손바닥을 들여다본다. 빛에 반사된 두 손이 부시도록 희다. 피의 흔적은 보이지 않는다. 딸이 손바닥을 형광등 불빛에 비추는 사이, 서서히 조도가 낮아진다. 달그락거리는 소리가 들리며 무대 구석이 동그랗게 밝아진다. 작은 여자아이가 책상 밑에 있다. 아이 앞에 놓인 그릇에 오븐으로 구운 치킨이 그득하다. 아이는 포크로 치킨을 찍어 탐욕스럽게 먹는다. 딸깍, 문 여는 소리가 들린다. 아이는 치킨이 담긴 그릇을 얼른 등 뒤에 감춘다.

> 모니카 : 아무것도 아니에요, 엄마. 아무것도 안 먹었어요.
>
> 소리만 엄마 : 손, 이리 내렴.
>
> 모니카 : 봐요, 손에서 계란 냄새가 나요.
>
> 소리만 엄마 : 닭 냄새구나. 불을 켜야겠구나. 너무 어두워.

다시 고요해진다. 아이는 등 뒤로 손을 뻗어 치킨을 가져온다. 잘려진 다리, 부러진 날개, 울지 못하는 목이 차례차례 입속으로 들어간다. 보랏빛 드레스가 다가온다. 드레스는 아이가 쥐고 있는 치킨을 빼앗는다.

> 보랏빛 드레스 : 이리 내, 이 고집쟁이야.
>
> 모니카 : 싫어, 내 거야! 엄마가 준 게 아니야.

아이는 들고 있던 포크로 보랏빛 드레스를 찌른다. 불이 꺼진다. 무대가 밝아지면 거실 한가운데 보랏빛 소파가 보인다. 딸은 소파에 앉아 피 묻은 손을 닦는다.

엘비라의 삼촌은 실성한 그녀가 안타깝다. 장미로 장식된 예쁜 머리칼은 흐트러지고 사랑스런 소녀는 종종 헤매고 다닌다오. 그리고 슬프게 물어보네. 엘비라는 어디로 갔나요? 지금 어디 있나요. 아름다운 베이스 아리아가 울려 퍼진다.

*

여름방학은 더디게 지나갔다. 모니카는 방학 때 보충수업을 신청하지 않았다. 성악 공부를 한다는 말을 끝으로 학교에 나오지 않았다. 언제 어디에서 누구에게 배우는지는 알 수 없었다. 방학 동안 은수는 모니카와 이메일을 주고받았다. 은수는 메일을 보내고 모니카의 답장을 기다렸다. 답장은 더디 왔다. 개학날 만난 모니카의 얼굴은 햇볕에 살짝 그을려 있었다. 모니카는 아빠한테 다녀왔고 아빠의 직업이 어부라고 소개했다. 모니카가 더 이상 말하지 않았으므로 은수도 묻지 않았다. 가족 이야기 말고도 할 얘기는 무궁무진했다. 다시 만난 둘은 헤어져 있던 시간만큼 그리움이 깊어져 있었다.

가을의 교정은 축제가 끝난 뒤의 행사장 같았다. 여름의 명랑함과 떠들썩함이 차분히 가라앉아 있었다. 초록 잎사귀는 스스로 떨켜를 만들어 붉은 옷으로 갈아입을 준비를 마쳤다. 사제관 벽을 타고 오르던 담쟁이 잎은 붉은 벽돌담과 같은 빛깔로 변해갔다. 두 개의 교사 사이에 심어진 커다란 느티나무는 바람이 불 때마다 짙은 갈색 잎을 떨어뜨렸다. 가을은 색이 단조로워지고 공간이 확장되는 계절이었다. 새떼처럼 몰려다니던 아이들은 따뜻한 실내로 자취를 감추었다. 은수와 모니카는 가는 계절이 아쉬워 자주 밤의 성모동굴로 나갔다. 둘은 뺨 맞았던 일을 떠올리며 깔깔거리기도 했다. 모니카의 팔짱을 끼고 걸으며 은수는 시간이 멈추길 바랐다. 미술실기대회가 있기 전의 일이었다.

가을비가 내리더니 기온이 뚝 떨어졌다. 성모동굴 앞의 느티나무도 앙상한 가지만 남겨놓았다. 모든 것이 대지로 돌아가고 있었다. 은수는 늦가을 내내 청소구역인 느티나무 아래에서 낙엽을 쓸었다. 쓸고 쓸어도 끝없이 떨어지던 잎들이 낙하를 멈추었을 때 은수는 하늘을 올려다보았다. 나뭇가지 사이로 비치는 햇살이 시린 코끝에 닿았다. 일 년 동안 고생했다고 위로하는 것 같았다. 은수는 홀가분한 기분이 되었다. 은수는 나무 둥치를 따라 천천히 걸었다. 뿌리 근처에 매미의 허물이 떨어져 있었다. 은수는 쪼그려 앉아 그것을 들여다보았다. 어떤 상황도 끝까지 지속되지 않는다고 매미의 허물은 증명하고 있었다. 은수는 모니카와 끝내야 할 시기라고 생각했다. 올해는 은수에게도 특별한 해였다. 친구를 오래 사귀지 못하는 은수에게 올해는 모니카뿐이었다. 그래서였을 것이다. 찰나의 시간을 포착해 영원이라는 프레임에 가두고 싶었던 것은. 영원은 신의 영역이고 시간의 주인도 신이라는 것을 은수가 알았더라면 좋았을 것이다. 그러나 인간은 한 치 앞도 모르는 존재였다. 운명의 수레바퀴는 은수가 쪽지를 보내는 방향으로 구르고 있었다. 쪽지는 모든 일의 끝이자 시작이 되었다.

국어시간이었다. 은수는 느티나무에 숫자를 새기고 그날, 나무 앞에서 만나자는 쪽지를 보냈다. 모니카에게서 답장이 왔다. 177777이 언제야? 은수는 다시 쪽지를 보냈다. 2017년 7월 7일 7시 7분에 만나자고. 쪽지를 접고 있는데 지저스가 다가와 기다란 팔을 내밀었다. 고은수, 이리 내놔. 지저스는 은수의 쪽지를 펼쳐들었다. 니들이 『냉정과 열정 사이』의 아오이와 준세이냐? 야간자습 시간에 둘 다 교무실로 내려와. 지저스는 부드럽지만 단호하게 말했다. 화가 난 것 같았다. 은수는 미안한 마음이 들었다. 수학시간이었다면 감히 쪽지를 보낼 꿈도 꾸지 못했을 것이다. 지저스는 둘을 교무실 옆 방송실로 데리고 들어갔다. 상담실이 교무실과 너무 떨어져 있어서 아이들은 주로 방송실에서 상담을 받았다. 두 사람 앞에 흰 종이와 연필 한 자루씩이 놓여졌다. 너희 두 녀석, 요즘 무슨 고민이 있는지 써 봐. 눈에 생기가 없어졌어. 다 쓰면 교무실로 가져오고! 지저스는 웃지 않았다. 평소 예술가의 길은 힘들지만 가치가 있는 길이라며 둘을 지지하던 지저스였다. 은수는 엄하게 꾸짖는 지저스의 모습이 낯설었다. 뭔가 눈치챈 걸까.

지저스도 사람이네. 지저스 화내는 거 우습지 않니? 은수가 동의를 구했지만 모니카는 말이 없었다. 은수는 모니카의 맞은편에 앉았다. 그나저나 뭐라고 쓰지? 넌 요즘 무슨 생각으로 사니? 은수의 말에 모니카는 나지막하게 답했다. 그만 살고 싶다는 생각. 은수가 놀란 눈으로 바라보자 모니카는 종이에 무언가를 그리기 시작했다. 모니카는 그림을 잘 그리지 못했다. 뺨을 맞던 날 뺏긴 공책은 돌려받지 못했다. 은수는 모니카 얼굴을 제대로 그려주기로 약속했었다. 가을을 지내며 그 약속도 잊혔다. 모니카가 무엇을 그리는지 궁금했지만 은수는 묻지 않았다. 어쩐지 모든 게 귀찮아졌다.

은수는 일어나서 창가로 걸어갔다. 초겨울의 해는 짧아서 밖은 이미 어둠이었다. 느티나무 가지 하나가 창문 쪽으로 뻗어 있었다. 바람이 나뭇가지를 흔들었다. 나뭇가지가 창문에 닿아 기이한 비명 소리를 냈다. 작은 새 한 마리가 나뭇가지에 앉아서 그네를 탔다. 새의 시선으로 나무를 그리면 어떤 그림이 나올까. 은수는 그런 생각을 하다가 소스라치게 놀랐다. 대학 미술실기대회에서 부감법으로 그림을 그려 대상을 받은 아이는 유리였다. 연습 기간이 짧았던 은수는 참가상에 머물렀다. 은수는 참담했다. 데생도 모르고 들어왔던 유리의 실력이 나날이 발전하고 있다는 것은 알았지만 대상을 받을지는 꿈에도 몰랐다. 은수는 자존감이 무너져내렸다. 은수가 쌓아 올린 미술반 반장이라는 권위와 그림을 잘 그린다는 평가는 하루아침에 휴지조각이 되었다. 은수는 실력도 없으면서 입으로 떠드는 부류를 좋아하지 않았다. 이제 자신이 그 부류가 되어버렸다. 은수는 잠이 오지 않았다.

미술대회는 시월 중순, 서울의 한 대학에서 열렸다. 참가자들 대부분은 정면이나 측면, 또는 사선으로 올려다본 풍경을 그렸다. 유리는 건물 옥상으로 올라갔다. 옥상에서는 오래된 나무들이 한눈에 내려다보였다. 가지가 맞닿아 있는 나무들의 숲은 붉은 융단을 길게 깔아놓은 것처럼 보였다. 그곳에는 아름다운 건물도 잘 조성된 정원도 없었다. 찬란한 빛이 만들어낸 가을의 향연이 펼쳐지고 있을 뿐이었다. 유리는 그 순간을 포착했다. 유리의 그림이 대상을 수상한 결정적 이유는 독특한 구도와 자신만의 해석, 그리고 과감한 표현에 있었다. 은수는 처음으로 자신에게 재능이 없을지도 모른다고 생각했다. 은수는 똑같이 그리는 것이 실력이라고 믿었다. 자신만의 관점은 기본기를 갖춘 다음으로 미뤘다. 은수가 〈25시〉를 보고 열정에 휩싸여 그리던 그림을 포기한 것도 결국 '왜?'라는 관점의 부재에 있었다. 은수의 절망은 깊었다. 가장 견디기 힘든 것은 유리의 성공이었다. 언제부터였을까? 유리에게 뒤처지기 시작한 것이. 유리의 낙서와 어린왕자와 돌팔매와……

은수는 등 뒤에 인기척을 느꼈다. 모니카가 소리 없이 다가와 있었다. 은수는 유리 생각으로 꽉 차 있는 마음을 들킨 것 같아 당황스러웠다. 너 아까부터 계속 서 있었어. 무슨 생각해? 꿰뚫어보는 듯한 모니카의 질문에 은수는 말을 더듬었다. 응? 나무, 그래 나무줄기 어디쯤에 숫자를 새길까 생각했어. 어디가 좋을까? 아무래도 밑동이 낫겠지? 눈에 잘 뜨이지 않는 곳에. 은수는 수다스럽게 말했다. 은수야, 그만 해. 그거 아니라는 거 알아. 모니카가 다시 한번 정곡을 찔렀다. 은수는 짐짓 언성을 높였다. 네가 뭘 안다고 그래? 네가 나야? 내 마음을 어떻게 다 알아? 모니카는 화내는 은수를 빤히 바라보았다. 너 화내는 거 처음 봐. 내가 뭘 잘못한 거니? 모니카의 얼굴이 울 것처럼 일그러졌다. 은수는 더 이상 모니카를 속일 수 없었다. 네 잘못 아니야. 미술대회 때문이야. 모니카가 말없이 은수의 손을 잡았다. 모니카의 손은 차고 메말랐다. 은수는 고해성사를 하듯 말을 이었다. 기분이 내내 안 좋은 게 사실이야. 나는 그 대학을 못 가고, 유리만 가게 되었잖아. 은수는 가슴속에 있는 것을 토해냈다. 모니카를 의식하지 못했다. 모니카는 쓸쓸하게 말했다. 몰랐어, 그 대학에 가고 싶어 하는 줄. 은수는 아차 싶었다. 같은 대학에 들어가자고 입버릇처럼 말해놓고 뒤통수를 친 격이었다. 그 대학에는 성악과가 없었다. 모니카는 굳은 얼굴로 도심의 거리에 서 있었다. 그러나 은수는 이제 회전을 멈추고 아주 먼 곳으로 떠나고 싶었다. 다른 대학이면 어때? 나중에 만나면 되지. 모니카는 은수의 손을 놓았다. 이십 년 뒤에 말이지. 나는 십 분 뒤의 일도 잘 모르겠는데. 은수는 문득 두려워졌다. 더 이상 살고 싶지 않다던 모니카의 말이 떠올랐다. 아까 한 말, 진심이야? 살고 싶지 않다는 말. 모니카는 창가를 떠나 반성문을 쓰던 의자에 앉았다. 모니카는 그림이 그려진 종이로 비행기를 접었다. 창문을 열자 바람이 불어와 은수의 머리카락을 날렸다. 코가 찡하도록 시린 십일월의 밤바람이었다. 모니카는 창밖으로 비행기를 날렸다. 비행기는 바람을 타고 회전하다가 어둠 속으로 추락했다.

오래 살면 행복할까? 모니카가 자조적으로 물었다. 은수는 고개를 돌려 모니카의 옆모습을 바라보았다. 어둠 속에 모니카가 서 있었다. 모니카의 옆얼굴은 밖에서 들어온 가로등 빛에 의해 이마에서 코를 지나 턱에 이르는 선이 하얗게 빛났다. 이마와 눈동자와 광대와 볼살이 지워지자 모니카의 정체성도 사라졌다. 그곳에는 모든 감정이 집약된 하나의 얼굴이 있었다. 아름답고 추하고 부드럽고 거칠고 선하고 악해 보였다. 처녀의 몸으로 임신한 성모, 웃는 듯 울고 있는 요한, 유다가 된 지저스, 예수가 된 유다였다. 얼굴 하나에 모든 것이 함축되어 있었다. 은수는 연필을 잡고 싶다는 욕망으로 손이 떨렸다.

#4장

나폴리의 작은 성당 안, 검은 양복을 입은 아빠와 흰 옷을 입은 엄마가 파란 눈의 사제 앞에 서 있다. 아기가 강보에 싸여 울고 있다.

> 사제 : 신랑 신부는 자신들이 맺은 혼인 계약의 표지인 반지를 교환하겠습니다. 두 사람은 풀꽃 반지를 끼워주십시오. 이제 두 사람은 부부로 맺어졌습니다.

증인은 없다. 두 사람은 강보에 싸인 아기에게 키스한다. 아기가 울음을 그친다. 아빠와 엄마는 알을 품듯 아기를 감싸 안는다.

사랑은 나를 당신에게로 처음 인도했소. 비탄과 슬픔 속에서 사랑은 이제 당신을 내 곁에 부르오. 나의 사랑, 나는 이제 당신 거예요. 하늘이여, 우리의 맹세에 미소 지어주세요. 테너가 힘차게 사랑을 노래하면 소프라노가 고운 목소리로 화답한다.

아름다운 노래를 들으며 아빠와 엄마는 성당 밖으로 나간다. 행복이 깃든 낡은 아파트가 그들의 보금자리다. 모니카를 낳은 대가로 두 사람은 많은 것을 잃었다. 촉망받던 신학생은 나폴리 항구에서 일하는 잡역부가 되었고, 피렌체의 음악원에서 성악을 전공하던 열아홉 소녀는 어린 엄마가 되었다. 한

국에서는 더 이상 돈이 오지 않았다.

*

그날, 은수와 모니카는 방송실에서 밤을 보냈다. 야간자습이 끝나도록 지저스는 나타나지 않았다. 깜빡 잊고 퇴근한 것이 분명했다. 은수와 모니카는 아이들이 집으로 돌아가는 모습을 방송실 창가에서 지켜보았다. 두 사람도 집으로 돌아가야 할 시간이었다. 은수는 말없는 모니카를 보며 이별을 예감했다. 내일 아침 날이 밝으면 은수는 모니카를 예전처럼 대할 수 없을 것 같았다. 행정실 직원의 발소리가 들렸다. 은수는 얼른 모니카를 데리고 커튼 뒤에 숨었다. 모니카의 눈이 커다래졌다. 오늘 집에 안 갈 거야. 너도 가지 마. 은수가 속삭였다. 모니카가 고개를 끄덕였다. 방송실 문이 벌컥 열리면서 플래시 불빛이 안을 훑었다. 은수와 모니카는 숨을 죽였다. 불이 꺼지고 문이 닫혔다. 열쇠를 채우는 소리가 요란하더니 발소리가 점점 멀어졌다. 둘은 커튼 속에서 나와 웃어댔다. 금지된 일을 하고 있다는 공범의식과 학교에 아무도 없다는 해방감이 둘의 어색한 분위기를 풀어주었다.

둘은 캐비닛을 열어 바닥에 깔 만한 것이 없는지 찾아보았다. 누가 쓰던 것인지 요가 매트 두 장이 둥글게 말려 있었다. 매트를 바닥에 깔

고 문틈으로 들어오는 바람을 막기 위해 암막 커튼을 쳤다. 둘의 모습
이 순식간에 지워졌다. 너, 거기 있어? 은수가 더듬더듬 손을 뻗어 모니
카의 손을 맞잡았다. 키킥, 심봉사가 심청이 만나는 것 같다. 둘은 각자
매트를 하나씩 차지하고 자리에 누웠다. 그리고 입고 있던 코트를 벗
어 이불처럼 덮었다. 둘은 누운 채 서로를 바라보았다. 온통 어둠 속이
어서 손으로 더듬어 얼굴을 확인해야 했다. 우리 밤새 자지 말고 얘기
하자. 모니카는 살짝 들떠 있었다. 무슨 얘기할까? 너부터 말해. 은수는
오늘 밤 모니카가 하는 말을 토씨 하나까지 기억하고 싶었다. 모니카는
편식 습관이 조금씩 고쳐지고 있다고 말했다. 먹을 수 있게 된 반찬들
을 하나하나 짚어나갔다. 모니카의 목소리는 자장가처럼 감미로웠다.
그러나 점점 체온이 떨어졌다. 은수는 무릎을 구부리고 손을 겨드랑이
에 넣었다. 코트를 머리까지 뒤집어썼다. 입김으로 방송실 공기를 데우
려면 숨을 크게 자주 쉬어야 했다. 은수는 눈을 감았다. 눈을 감자 방송
실은 은수와 모니카를 태운 조각배가 되었다. 항해사는 모니카였다. 모
니카는 키를 잡고 먼 바다로 나아갔다. 은수는 선실에 누워 뱃전에 찰
싹이는 물소리를 들었다. 배는 나뭇잎처럼 흔들리며 검은 바다를 유영
했다. 여기가 어디쯤일까. 은수는 졸음이 쏟아졌다. 따뜻한 온기가 퍼
지며 물소리가 아득해졌다.

　　조각배가 낯선 해안에 닿은 것은 해가 중천에 뜬 아침이었다. 활짝

열어젖힌 커튼 사이로 햇살이 쏟아져 들어와 매트 위에 누운 두 사람을 비추고 있었다. 지저스와 수녀님과 아이들은 코트 속에서 함께 잠이 든 모니카와 은수를 못 볼 것이라도 본 양 내려다보고 있었다. 학교는 하루 종일 달궈진 도가니 같았다. 아이들은 학교에서 몰래 잠을 잤다는 사실에 대해 놀라움과 호기심을 감추지 않았다. 집이라고 다르지 않았다. 반성문으로 마무리될 일이 커진 이유는 학부모들의 민원 때문이었다. 재발방지를 위해 징계하라는 민원이 쇄도했고 결국 징계위원회가 열렸다. 은수의 엄마가 자가용을 타고 달려와 교장실에 들어갔다. 모니카 집에서는 할머니가 다녀갔다. 할머니는 모니카가 공부에 집중하고 있으니 전학은 면하게 해달라고 부탁했다. 아이들은 모니카가 가정형편으로 일 년째 성악 공부를 하지 못했다는 것을 알았다. 모니카의 세계는 부정되었고 잠잠하던 임신설이 다시 불거졌다. 은수가 가벼운 근신처분을 받고 일주일 만에 돌아와 보니 모니카는 소문과 함께 떠나고 없었다. 모니카는 전학이라는 중징계를 피하기 위해 아무런 노력도 기울이지 않았다.

은수는 시간을 견디는 법을 익혀나갔다. 쉬는 시간이면 엎드려 있거나 창밖을 바라보았다. 징계위원회를 생각하면 가슴이 답답했다. 누가 먼저 자자고 했지? 징계위원인 미술 선생님이 물었다. 미술실에는 둘만 있었다. 모니카는 학생주임과 상담실로 들어갔다. 같이 말했어요. 은수는 모니카가 허락했으니 동시에 제안한 것이나 다름없다고 생각했다. 은수야, 똑바로 말해. 동시에 말할 수는 없잖아. 은수는 모니카가 원망스러웠다. 은수가 자자고 했을 때 딱 부러지게 거절했으면 좋았을 것이다. 미술 선생님이 다시 물었다. 똑같이 잘못했어도 주동자는 책임이 더 무거운 법이다. 누가 그랬는지 분명히 말해. 더는 물러설 곳이 없었다. 전학만은 피하고 싶다는 두려움이 은수를 닦아세웠다. 모니카요. 은수는 기어들어가는 목소리로 말했다. 상담실에서는 어떤 문답이 오갔을까. 그러나 이미 엎질러진 물이었다. 미술 선생님의 얼굴이 밝아졌다. 그럴 줄 알았다. 걱정 마, 괜찮을 거야. 참, 이 그림 네가 그런 거지? 교실 바닥에 있는 걸 내가 챙겼다. 미술 선생님은 가방에서 그림 한 장을 꺼내놓았다. 눈을 감고 잠든 소녀의 얼굴이었다. 커튼 사이로 들어온 달빛은 모로 누운 소녀의 왼뺨에 둥근 하이라이트를 남겼다. 그 주변은 빛이 만든 그늘로 어두웠다. 이마와 콧날과 뺨이 빛의 세계라면 눈꺼풀과 인중과 턱은 어둠의 세계였다. 소녀는 입술을 살짝 벌린 채 깊은 잠에 빠져 있었다. 누구라도 그런 잠에 빠지고 싶도록 만드는 그림이었다. 그것은 빛과 어둠의 조화로 빚어낸 평화로움이었다. 앞으로 미술실에 날마다 출석해. 미술 선생님은 은수의 등을 가볍게 두드리고 미술실을 나갔다.

은수는 미술 선생님이 놓고 간 그림을 내려다보았다. 새벽에 은수는 발이 시려서 잠을 깼다. 코트 밖으로 발이 뻗어 나와 있었다. 코트로 발을 덮다가 커튼 사이로 들어온 빛이 방송실 바닥에 은빛 막대를 그려놓은 것을 보았다. 은수는 일어나서 창밖을 보았다. 달이 떠 있었다. 은수는 커튼을 옆으로 젖혔다. 달빛이 잠든 모니카의 얼굴을 환히 비췄다. 모니카는 가늘게 코를 골고 있었다. 은수는 살그머니 움직여 방송실 벽에 붙어 있는 4절 도화지를 떼어냈다. 방송부 명단이 적인 도화지였다. 은수는 도화지 뒷면에 그림을 그리기 시작했다. 모니카에게 줄 마지막 선물이었다. 그림을 다 그렸을 때는 미명이 밝아오고 있었다. 아이들이 등교하려면 두 시간이나 남아 있었다. 은수는 그림을 돌돌 말아 머리맡에 두고 코트 속으로 파고들었다. 잠이 무섭게 쏟아졌다.

은수는 모니카가 떠나고 그림에 매달렸다. 그리고 모니카와 같이 가자고 했던 대학에 혼자 들어갔다. 은수는 딱 한 번 바람에 실려 온 모니카의 소식을 들었다. 수도권 변두리 대학 심리학 계통의 학과를 다니다가 한 학기 만에 자퇴했다는 소식이었다. 모니카는 이탈리아에 갔다. 은수는 이듬해에 휴학계를 내고 일 년 동안 여기저기 쏘다녔다. 붓을 놓고 마음 가는 대로 헤매 다녔다. 전시회에 가고 연극 공연을 보았다. 영화관에 혼자 앉아 종교 시간을 떠올리기도 했다. 여고에 찾아가 느티나무 우듬지를 바라보고 성모동굴의 대리석 의자에 앉아 있기도 했다. 그때와 다름없이 환하게 불 밝힌 교실에서 후배들이 야간자습을 하고 있었다. 삼 년 전 그 공간의 주인이었던 아이들은 다 어디로 갔을까. 건물과 나무는 그대로인데 사람만 바뀌어 있었다. 더 많은 시간이 흘러 건물과 나무도 사라지면 그곳에 여고가 있었다는 사실도 잊힐 것이었다. 시간의 주인이 신이라는 것을 이해할 것 같았다. 인간에게는 과거와 미래만 있을 뿐 현재가 없었다. 은수는 모니카와 닿을 수 없는 현실이 안타까웠다. 은수는 삼학년 때 심리학과에 편입했다. 자신을 아는 것이 곧 타인을 이해하는 길이었다. 심리학을 공부하며 연극심리치료의 세계를 알게 되었고 그것이 은수의 직업이 되었다.

2017년 여름, 은수는 이탈리아 베로나의 아레나 원형극장에 앉아 있었다. 베로나에서는 해마다 오페라 페스티벌이 열렸다. 오페라를 보기 위해 이탈리아까지 날아간 것은 연극에 오페라적 요소를 가미하여 시각적 효과를 넣으라는 대표의 부탁 때문이었다. 그는 무대미술까지 겸하고 있는 은수에게 현장의 분위기를 느끼고 오라며 비행기 티켓을 끊어주었다. 베로나는 마리아칼라스가 이태리에서 데뷔한 장소야. 은수야, 우리 나중에 같이 갈래? 그녀가 오나시스를 만나지 않았다면 얼마나 좋았을까. 그 남자는 바람둥이였고 버림받은 그녀는 목소리를 잃고 은퇴해버려. 모니카의 음성이 생생하게 들렸다. 마치 모니카가 곁에 앉아 있는 것 같았다. 그때 모니카가 해주지 않았던 말을 은수는 나중에 책에서 읽었다. 마리아칼라스가 평생 폭식과 거식에 시달렸으며 어린 시절 애정결핍이 그녀를 그렇게 만들었다는 사실을.

오페라는 마지막을 향해 가고 있었다. 엘비라는 사랑하는 아르투로를 다시 만나 기억을 되찾았다. 엘비라는 기쁨에 넘쳐 노래했다. 석 달이었지만 나는 삼백 년 동안 매순간 당신을 불렀어요. 은수의 기억도 그 순간 되살아났다. 꿈을 꾸었다고 생각한 일이었다. 언 몸이 녹으며 녹작지근해졌다. 은수는 웅크린 몸을 풀었다. 꿈속에서 은수는 아기가 되어 엄마 품에 안겨 있었다. 엄마는 모니카였다. 은수야, 고마워. 잠든 내 모습이 이렇게 평화로운지 몰랐어. 이 그림 평생 간직할게. 모니카는 학생주임에게 똑같은 질문을 받았다. 먼저 자자고 한 사람이 누구냐? 모니카는 망설이지 않고 대답했다. 저요. 은수는 극장을 나와 오래된 성벽을 따라 걸었다. 발길이 닿은 곳에 포스터가 붙어 있었다. 오페라 페스티벌 포스터였다. 은수는 숫자를 읽어나갔다. 2017년, 7월, 7일, 7시. 아레나 극장. 숫자가 흐릿하게 번져갔다.

#5장

소파를 가져가는 사람이 더 이상 나타나지 않는다. 진한 보랏빛은 연보라색으로 퇴색되었다. 딸이 캐리어를 끌고 다가와 소파 옆에 선다. 딸은 캐리어를 세워두고 바닥에 떨어진 종이비행기를 집어 든다. 종이를 펼쳐 소파 위에 반듯이 펼쳐놓는다. 한 소녀의 얼굴이다. 모니카와 다른 모습, 외까풀진 눈과 어깨까지 내려오는 머리는 바로 은수의 얼굴이다. 딸은 캐리어를 끌고 오른쪽 의자에 가서 앉는다. 조명이 어두워진다. 갈매기 울음소리와 뱃고동이 울리면 무대 중앙이 밝아진다. 두 사람이 마주 서 있다.

> 엄마 : 난 떠나요. 당신 옷에서 비린내가 사라지지 않아요.
>
> 아빠 : 이 비린내가 당신과 모니카를 먹여 살리고 있소.
>
> 엄마 : 앞으로는 모니카만 먹여 살리세요.
>
> 아빠 : 어쩔 수 없군. 당신의 선택이 선으로 이어지길 바라오.

무대가 천천히 어두워지면 왼쪽에서 은수가 등장한다. 은수는 트렌치코트 안에서 접힌 그림을 꺼낸다. 세상에서 가장 평화롭게 잠든 모니카의 얼굴이다. 은수는 소파 위에 그림을 올려놓는다. 두 소녀의 얼굴이 나란하다. 은수는 왼쪽으로 퇴장한다. 오페라의 마지막은 경쾌한 카발레타다. 전령의 소리가 들린다. 기뻐하십시오. 죄인들은 사면되었습니다. 사랑하는 영혼들은 지난날 슬퍼한 만큼 기뻐하라. 이제 모든 눈물과 한숨에 축복을 내리노라.

모니카는 캐리어를 끌고 무대 밖으로 걸어 나간다. 막이 내린다.

홍안

어둠 속에서 터널의 입구가 반달처럼 떠올랐다. 고개의 오르막이었다. 유진은 살짝 언 도로에서 미끄러지지 않으려고 깊숙이 가속 페달을 밟았다. 오래된 차가 힘에 부친 듯 앓는 소리를 냈다. 집을 나선 지 열두 시간을 향해 가고 있었다. 열두 시간은 짧았지만 하나의 매듭을 풀기에는 충분한 시간이었다.

세상은 물음표로 가득 차 있었다. 밤마다 침대에 누우면 위층에서 들들들들 바퀴 구르는 소리가 났다. 바닥에 부딪치는 마찰음을 들으며 유진은 밤새 여행 가방을 끌고 다녔다. 불면에 시달리다 위층으로 쫓아갔을 때 눈 밑이 거뭇한 여자가 문을 열어주었다. 여자도 불면에 시달리고 있었다. 둘은 여자의 위층 집으로 올라갔다. 그 집 앞에는 신문이 수북이 쌓여 있었다. 그 후로도 플라스틱 바퀴가 경쾌하게 바닥을 구르는 소리는 계속되었다. 어쩌면 지구 반대편 여행자가 끄는 바퀴 소리가 밤의 적막을 틈타서 들려오는 것인지 몰랐다. 지각, 맨틀, 외핵, 내핵에 당도했다가 다시 외핵, 맨틀, 지각을 뚫고 잠 못 드는 사람들에게 모스신호를 보내는지도.

오후 다섯 시에는 타르 냄새가 섞인 바람이 불었다. 냄새는 어린 시절 철로변의 마을로 그녀를 데려갔다. 철로는 검은 타르 칠을 한 침목 위에 기다랗게 누워 있었다. 한낮의 땡볕이 침목을 녹일 듯 내리쬐면 타르 냄새가 진동했다. 그녀는 냄새의 진원지를 찾아 아파트를 나섰다. 아파트 주변에는 키가 크고 잎이 넓은 튤립나무가 많았다. 타르가 있을만한 장소는 보이지 않았다. 아파트를 벗어나 걷기 시작했다. 한참을 걸었을 때 머리가 맑아지는 걸 느꼈다. 아차산 초입에 와 있었다. 어디를 둘러보아도 냄새가 날만 한 공장은 없었다. 그녀는 다시 아파트로 돌아왔다. 냄새는 사라진 지 오래였다. 과거의 바람과 현재의 바람과 미래의 바람을 구분 지을 수 없다면 오후 다섯 시의 바람은 어쩌면 과거의 철로변에서 불어오는 바람일지 몰랐다. 그것도 그녀에게만 불어오는.

물음표를 해결할 수 없었으므로 그녀는 잠들기 전 귀마개를 하고 오후 다섯 시에는 창문을 닫았다. 세상의 물음표들은 유장하게 흘러가는 서사의 한 부분이었다. 앞과 뒤를 잘라낸 중동이거나 중동이 사라진 머리와 꼬리였다. 그녀의 눈앞에 펼쳐지는 것들은 거대한 시간의 흐름을 압축하고 있었다. 알려고 할수록 미궁에 빠져들었으므로 그녀는 일부러 모른 척했다. 인간의 좁은 시야로는 알 수 없는 것이 너무 많았다.

지난밤, 그녀 앞에 모습을 드러낸 석 장의 사진도 마찬가지였다. 그녀는 노트북에서 낯선 사진을 발견했다. 바이러스 감염으로 속도가 느려진 노트북을 폐기하려고 모든 자료를 없애던 중이었다. 그녀는 한글 작업을 많이 하는 편이었으므로 D드라이브에 있는 폴더를 열어볼 일이 없었다. 사진은 기러기라는 이름의 폴더 속에 들어 있었다. 컴퓨터의 새 폴더는 새 이름이 자음 순서대로 들어 있다. 가마우지, 갈매기, 고니, 곤줄박이, 기러기…… 폴더의 이름은 그 모든 새들보다 가장 먼 거리를 날아가는 새, 기러기였다. 그녀는 유튜브 사이트에서 기러기의 비행이라는 동영상을 본 적이 있었다. 중소기업 회장의 자서전 대필을 위해 자료를 검색하던 중이었다. 담당자는 회장이 좋아하는 글이라면서 톰 워샴의 '기러기 이야기'를 꼭 넣어달라고 부탁했다. 화면에서는 기러기들이 V자 대형으로 날고 있었다. 그 위에 자막이 떴다. "기러기는 리더를 중심으로 V자 대형을 그리며 머나먼 여행을 합니다. 만약 대열에서 이탈자가 생기면 다른 기러기 두 마리가 지친 동료가 다시 날 수 있을 때까지 또는 죽음으로 생을 마감할 때까지 그 곁을 지키다 무리로 돌아옵니다" 조직의 동료애와 리더의 중요성을 강조하는 글이었다. 좋게 볼 수도 있었지만 반대로 생각할 수도 있었다. 낙오된 동료를 지키던 새들이 다시 돌아오려면 몇 배로 힘들 것이다. 영영 따라잡지 못할 수도 있다. 그러나 다른 기러기들은 처음 낙오된 기러기를 버려두지 않은 리더에게 감사할 것이다. 결국 낙오된 동료를 지키는 새들은 조직을 위해 자신을 희생한 것과 다름없었다. 그녀는 자서전에 그런 견해를 적지 않았지만 기러기라는 단어를 대할 때마다 짓눌리는 느낌이 들었다. 그렇게 꼬여 있었던 근본적인 원인은 주완 때문이었다. 그는 리더였고 다친 동료가 다시 날 수 있을 때까지 곁을 지키던 동료였지만 짝을 배려하는 일에는 서툰 남자였다.

그녀는 노란색 기러기 폴더를 클릭했다. 폴더 안에는 석 장의 사진 파일*)이 있었다. 두 장의 사진은 파일명이 숫자로 되었고 한 장만 '홍안'이라는 한글이름이 붙어 있었다. 노트북을 폐기하려고 하는 찰나 마술처럼 튀어나온 사진을 그녀는 홀린 듯 바라보았다.

첫 번째 사진은 여관방을 찍은 사진이다. 일본풍 여관의 방바닥에 다다미가 깔려 있다. 다다미 위에 단정하게 개켜진 이불 한 채가 놓여 있다. 폴리 소재의 붉은 천과 흰 옥양목이 선명한 대비를 보인다. 종이로

---

*) ko, jung nam 4(2007년) 사진집에서 모티브를 얻음.

바른 격자무늬 창은 반쯤 열려 있다. 창밖으로 바다가 보인다. 하늘이 잔뜩 찌푸려 있어 바다와 하늘의 경계가 잿빛으로 허물어져 있다. 창틀에 재떨이가 올려져 있다. 유리로 된 둥근 재떨이에 하얗게 연소된 재가 꽃잎처럼 떨어져 있고 담배꽁초의 허리가 절반으로 짓이겨져 있다.

두 번째 사진 역시 방 안이다. 어두운 방을 밝히는 것은 벽에 부착된 사각의 조명등이다. 조명등에서 새어나온 노란 불빛이 벽면에 부채꼴 모양의 빛살무늬를 만들고 있다. 방 안을 밝히는 빛이 하나 더 있다. 브라운관 텔레비전 화면에서 나오는 빛이다. 화면 속에는 남녀가 사랑을 나누고 있다. 꽃무늬 벽지로 보아 앞의 사진과 같은 방에서 찍은 사진이다.

세 번째 사진은 유일하게 인물사진이다. 파일명은 홍안이다. 눈이 온 마을을 배경으로 젊은 여자가 서 있다. 일본어로 적힌 여관 앞에 검고 숱 많은 머리를 어깨까지 내려뜨린 여자가 활짝 웃고 있다. 빨간 스웨터와 청바지가 흰 눈을 배경으로 선명한 대비를 이룬다. 투명하도록 흰 얼굴과 추위에 언 빨간 볼이 인상적이다.

노트북의 원래 주인은 젊은 남자였다. 그녀는 그 남자가 사용하던 것을 새것의 절반 가격으로 구입했다. 그러니까 석 장의 사진은 그의 사진이었다. 그녀는 사진을 삭제할 것인지 그에게 돌려줄 것인지 고민했다. 삭제하는 것은 클릭 한 번으로 가능하지만 돌려주는 것은 그를 만나야 하는 번거로움이 뒤따랐다. 그는 그녀의 친정이 있는 양평에 살고 있었다. 왕복 세 시간이 걸리는 거리였다. 포기하는 게 나았다. 그녀는 첫 번째 사진을 삭제했다. 붉은 이불과 잿빛의 바다와 짓이겨진 재떨이가 눈앞에서 사라졌다. 연달아 나머지 사진도 휴지통에 넣었다. 휴지통이 휴지로 가득 차 금방이라도 넘칠 것 같았다. 이제 휴지통마저 비우면 석 장의 사진은 흔적도 없이 사라질 운명이었다. 위층에서 들려오던 바퀴 소리와 오후 다섯 시의 타르 냄새처럼 원인 모르는 그녀에게 모스 부호를 남긴 채.

유진은 매주 월요일에 걸려오는 주완의 전화를 떠올렸다. 주완은 별일이 없으면 월요일 저녁마다 전화를 걸었다. 사흘 전 월요일에도 마루의 소식을 묻고 승재의 소식을 전했다. 그는 공장에서 박스를 포장하는 일과 주차관리와 자재운반을 전전하던 승재가 회사에서 고객응대 컨설팅을 하게 되었다고 들떠 있었다. 유진은 일이 쉬워져서 다행이라고 대답하지 않았다. 그녀의 대답을 기다리던 주완은 바쁘다며 전화를 끊었다. 유진은 주완의 전화기 너머에서 대리 기사를 찾는 목소리를 들었다. 주완을 생각하면 마음이 답답했다.

어쩌면 사진 속의 그들도 그녀처럼 말 못할 사연이 있을지 몰랐다. 유진은 노트북에 USB 메모리 카드를 꽂고 휴지통의 사진을 복원시켰다. 노트북의 주인은 노트북을 팔아서 일본에 간다고 말했다. 사진 속에서 그는 을씨년스러운 국방색 야상점퍼를 걸치고 일본의 국도변을 걷고 있었다. 세 번째 사진의 주인공과 함께였다. 여자는 겨울동백처럼 환하게 웃었고 남자는 가장 아름다운 시절의 동백을 사진에 담았다. 두 연인의 화양연화였다. 거기까지 서사를 완성했지만 생략된 부분들이 많았다. 두 사람이 함께 찍은 사진은 왜 없을까. 사랑하는 연인이라면 가장 행복한 시절을 사진으로 남겨야 하지 않을까. 그들은 사랑해서는 안 될 사이였을까. 낯선 사진은 그녀에게 많은 물음표를 던지고 있었다. 그리고 모든 질문은 그녀에게 닿아 있었다. 그녀는 문제를 해결할 수 있는 실마리를 찾아 기억 속으로 들어갔다.

그해 여름은 유난히 더웠다. 홀로 떠나온 휴가지는 끈적끈적하고 습한 공기로 꽉 차 있었다. 여름바다는 원래 덥다지만 주완을 향한 화와 자신에게 친절하지 않은 인생에 대한 분노가 더위를 부채질했다. 숙소를 예약하지 않고 떠나온 것은 될 대로 되라는 자포자기 때문이었다. 온종일 바닷가 주변을 돌았지만 여름휴가 성수기라서 방이 없다는 대답이 돌아왔다. 보란 듯이 떠나온 서울이 그리워졌다. 그녀는 땀에 젖어 소금기 가득한 몸으로 해변에 앉아 노을을 바라보았다. 그때 누군가 그녀 옆에 앉았다. 주완이라 생각하니 눈물부터 솟았다. 하루 종일 고생했던 설움이 한꺼번에 몰려왔다. 주완이 그것을 알아줬으면 했다. 울고 나서 고개를 들어보니 산호였다. 혼자 있고 싶으니 돌아가라는 그녀의 쌀쌀한 말투를 뒤로하고 그는 방을 구하러 갔다. 한참 뒤에 해변으로 돌아온 그는 민박집 방 한 칸을 얻었다며 그녀의 배낭을 멨다. 에어컨이 돌아가는 시원한 방에 들어서자 천국이 따로 없었다. 구세주같이 나타나 그녀를 찜통 같은 모래사장에서 에어컨이 돌아가는 시원한 방으로 인도한 그가 고마웠다.

"모자 줘."

그녀는 산호의 모자를 받아들었다. 그의 모자는 땀으로 푹 젖어 있었다. 그녀는 모자를 못에 걸었다.

털썩.

모자가 날개 잃은 새처럼 추락했다. 그녀는 고개를 갸웃거리며 다시 모자를 주워들었다. 이번에는 신중하게 모자를 걸고 잘 걸렸는지 흔들었다. 모자가 맥없이 벽을 타고 흘러내렸다. 이상했다. 다시 모자를 주워드는데 그가 손가락으로 못을 만졌다.

"하하, 그림이잖아요."

그녀는 그림자까지 음영 처리된 못을 손가락으로 만져보았다. 그럴싸하게 그려진 그림이었다. 못은 나란히 두 개가 그려져 있었다. 두 번째 못 아래 "속았지롱? 나도 속았다"라는 낙서가 있었다. 그러므로 첫번째 못과 두 번째 못을 그린 사람은 제각기 다른 사람이었다. 그녀는 박수를 치며 웃었다. 볼펜을 꺼내 든 그가 두 번째 못 옆에 세 번째 못을 그렸다. 그녀는 무려 세 번이나 속을 누군가 때문에 배가 아프도록 웃었다. 한참을 웃고 나자 몸이 가벼워졌다. 주완을 향한 화가 다 빠져나간 기분이었다.

주완, 유진, 산호, 승재는 가족처럼 어울리는 사인방이었다. 밥도 같이 먹고 술자리도 같이 했다. 홍보부의 유진은 주완과 결혼할 사이였고 승재와 산호는 주완과 같은 마케팅 부서였다. 남자 셋은 입사동기였는데 주완의 나이가 네 살 많아서 호형호제하게 되었다. 두 살 위인 유진은 자연스레 산호와 승재의 형수님이 되었다. 주완은 앞장서기를 좋아했고 그에 따른 책임감도 있었다. 그가 산악회를 만들자 산호와 승재는 옆에서 거들었다. 세 사람은 함께 어울려 국내의 산을 찾아다녔다. 좋았던 시절은 오래가지 못했다. 산악 사고로 승재가 장애인이 된 이후로 사인방은 웃지 못했다. 의리를 버리지 못해 아슬아슬하게 끈을 붙들고 있을 뿐이었다. 그런 관계에 염증을 느끼고 불만을 드러낸 사람은 그녀였다. 그녀는 여름휴가를 떠나기 전 주완과 심하게 다투었다.

"이번 휴가도 네 사람이 같이 가는 거야?"

작년 여름휴가는 넷이 같이 떠났다. 주완이 미리 답사한 산을 등산하고 저녁에는 숙소에서 고기를 구워먹었다. 간간이 담소를 나누기도 했지만 일주일 내내 무거운 분위기가 짓눌렀다. 주완은 이번엔 승재와 몇 군데 산을 돌고 돌아와서 나머지 휴가를 그녀와 보내겠다고 했다. 사고 이후 삼 년이 지났지만 아직 승재는 심적으로나 육적으로 재활이 필요했다. 그걸 모르지 않았으나 그녀는 주완의 책임감이 두려웠다. 그는 삼 년 동안 주말 아르바이트를 병행하며 승재의 생활비를 보탰다. 손가락이 없는 승재가 새로운 삶을 시작할 수 있도록 제빵학원에 등록시키고 장애인 운전면허도 따게 했다. 마음의 장애를 극복하고 다시 산에 오를 수 있도록 자극했다. 승재는 주완을 잘 따르다가도 절망하기를 반복했다. 그녀가 보기에 주완의 노력은 밑 빠진 독에 물 붓기였다.

그녀는 주완 없이도 얼마든지 즐겁게 보낼 수 있으니 걱정 말라며 혼자 배낭을 메고 동서울터미널로 갔다. 숙소도 예약하지 않았고 가장 빨리 출발하는 버스에 무작정 올라탔다. 거진터미널에 내렸을 때 그녀는 혹시나 하고 뒤를 돌아보았다. 따라올 사람이 아니었다. 그 대신 주완은 산호에게 그녀가 어디로 갔는지 알아보라고 부탁했다. 터미널에서 전화로 알리는 것까지가 산호의 임무였다. 산호는 유진을 태운 버스가 멀어지는 것을 바라보다가 집으로 돌아가지 않고 다음 버스를 탔다.

그녀는 잠을 자다 파도소리에 깨어 눈을 떴다. 숙취로 타는 듯 갈증이 일었다. 벽에 등을 기대고 앉아 유진의 잠든 얼굴을 바라보던 산호가 물이 담긴 컵을 내밀었다. 그녀는 다시 눈을 감았다. 타르처럼 검은 수렁이 그녀를 땅 밑으로 끌어당겼다. 히말라야의 설산을 오르는 주완의 뒤를 쫓다가 잠을 깼다. 아침 해가 찌르듯 들어와 방바닥을 데우고 있었다. 눈을 뜰 때마다 말없이 앉아 그녀를 지키던 산호가 보이지 않았다. 창문 밖을 내다보니 멀리 해변가에서 바다를 향해 앉아 있는 그가 보였다. 그림 못 아래 산호의 글씨가 눈에 들어왔다. 꾹꾹 눌러쓴 필체였다.

"모처럼 밝게 웃는 누나. 그림 못 하나에 박하 향처럼 화하게 웃는군요. 나는 산을 타는 사람이 아니라 못을 그리는 사람이 되고 싶습니다."

덤프트럭이 맞은편에서 굉음을 내며 전속력으로 달려왔다. 엘이디 조명등으로 갈아 끼운 두 개의 불빛이 인광처럼 푸르렀다. 눈이 가시에 찔린 것 같았다. 차가 가까워질수록 빛은 강렬해졌다. 이대로 부딪힌대도 어쩌지 못할 것 같았다. 그녀는 핸들을 꽉 움켜쥐고 앞을 바라보며 달렸다. 도로변의 눈이 헤드라이트에 비쳐 하얗게 빛났다. 귀가 먹먹할 정도의 굉음과 함께 트럭이 스쳐갔다. 눈이 멀도록 내쏘던 빛도 사라졌다. 그러나 온 사방에 퍼진 빛의 입자는 거두지 못했다. 망막에 맺힌 어지러운 빛의 산란은 순식간에 중앙분리대를 지웠다. 그녀는 천천히 속도를 줄였다. 눈이 어둠에 익숙해지도록 기다렸다. 라디오에서 외국 가수의 노래가 흘러나왔다. 썸웨어, 썸웨어, 썸웨어…… 가수의 목소리가 점점 몽환적으로 바뀌어갔다. 라디오에서 시보가 울리며 자동차의 디지털시계가 9:00로 바뀌었다. 밤 아홉 시였다.

못이 그려진 방에서 그녀가 산호에게 파고들었던 것은 도피였다. 여행에서 돌아온 뒤 유진은 몸의 이상을 발견했다. 주완이거나 산호의 아이였다. 그러나 누구에게도 아이를 가졌다고 말할 수 없었다. 주완은 결혼에 회의적이었고 산호와는 사랑이 아니었다. 비록 산호의 마음이 그녀에게 기울었다 해도 사랑은 쌍방 간의 일이었다. 산호의 청혼을 그녀는 거절했다. 산호는 회사를 떠나는 것으로 주완에 대한 예의를 지켰다. 주완은 산호가 유진과 함께 바다에서 돌아왔다는 것을 알았지만 침묵했다. 유진은 사표를 내고 양평으로 내려왔다. 초음파로 만난 아기는 작지만 사람의 형태를 갖추고 있었다. 친정에서는 주완의 아이라 생각하고 그를 불러들였다. 누가되었든 아이를 호적에 올리려면 결혼은 필수였다.

둘은 양평의 전원카페에서 가족들만 참석한 가운데 조촐하게 결혼식을 치렀다. 승재는 오지 않았고 산호는 축하한다는 문자를 보냈다. 둘은 양평에서 작은 원룸을 얻었다. 어차피 주완은 회사와 승재가 있는 서울에서 주로 생활할 사람이었다. 마루가 어렸을 때도 주완은 내려오지 않는 날이 많았다. 그녀는 가끔 아이를 재워놓고 한밤중에 남한강으로 차를 몰아갔다. 물가에 앉아 있으면 찰박찰박 물소리가 들렸다. 그 소리를 듣다 보면 마음이 가라앉았다. 그런 날들 중의 하루였을 것이다. 집으로 돌아와 이불 속에 조심스레 몸을 누이는데 아이가 울면서 목에 매달렸다. 조숙한 아이는 엄마가 나간다는 사실을 알면서도 잡지 못한 것 같았다. 주완만 바라보며 살다가는 마루와 자신 모두 불행해질 것 같았다. 유진은 서울로 이사를 하고 집에서 프리랜서로 할 수 있는 일을 구했다.

마루를 학교에 보내고 유진은 USB 메모리 카드를 챙겼다. 그녀는 아이에게 쪽지를 남겼다.

"마루, 엄마 양평에 다녀올게. 엄마 늦을지 모르니까 위층 아줌마네가 있어. 돌아올 때 네가 좋아하는 빵 사 올게."

그녀는 친정에는 들르지 않을 생각이었다. 평소에도 그녀는 한 번에 두 가지 일을 처리하지 못했다. 매달리고 있는 일을 마친 후에야 두 번째 일에 손을 댔다. 여기저기 늘어놓고 동시에 처리하는 멀티플레이형을 그녀는 늘 신기해했다. 일과는 조금 차이가 있지만 사람을 대하는 방식도 엇비슷했다. 하루에 한 건 이상 약속을 잡지 않았다. 그 하루는 단 한 사람을 위해 온전히 할애했다. 그렇게 만나다 보니 자주 시간을 내기 힘들어서 꼭 만나야 될 사람도 일 년에 한두 차례밖에 보지 못했다. 만남의 공백은 메일이나 전화와 문자, 그리고 SNS로 대신했다. 몰입과 단절, 그것이 그녀가 사람들과 관계를 맺는 공식이었다. 그녀는 설에 친정을 다녀가며 아무도 만나지 않은 것처럼 오늘은 오직 사진의 주인만 만나기로 했다. 그를 만나지 못하더라도 실망할 필요는 없었다.

생각한 대로 이루어지지 않은 게 일상이고 삶이라는 것을 그녀는 일찌 감치 깨달았다.

의약품 전문업체의 홍보부서에서 일할 때 유진의 삶은 예측한 대로 흘러갈 것처럼 보였다. 그녀는 회사에서 알아주는 아이디어 뱅크였고 마케팅부서의 주완은 사람을 대하는 특유의 친화력으로 어렵다는 대형 병원을 개척해나갔다. 주완은 일을 하는 틈틈이 아웃도어 원정대나 산 악연맹에서 주관하는 등반팀에 끼여 히말라야를 정복했다. 그의 등반 활동은 마케팅에 좋은 이미지를 주었으므로 회사에서도 편의를 많이 봐주었다. 그녀는 안전이 염려되긴 했지만 그의 오랜 경험과 강인한 정 신력을 믿었다. 그해 가을에 사고가 없었더라면 두 사람은 행복한 결혼 식을 올릴 수 있었을 것이다.

결혼식을 석 달 앞두고 산악 사고가 났다. 주완이 속해 있는 산악연 맹에서 주관한 등반대에 산호와 승재가 참가 신청서를 냈다. 주완과 산 호는 유경험자고 승재는 히말라야가 처음이었다. 승재는 히말라야 등 반을 위해 주말마다 북한산에서 훈련을 받았다. 주완은 암벽 등반에 필 수적인 주마 사용법을 집중적으로 가르쳤다. 맑은 가을날 세 사람은 삼 주 휴가를 내고 네팔의 카트만두로 떠났다. 무사히 잘 다녀올 것이 라 믿었던 등반에서 세 사람 중 두 명이 사고를 당했다. 주완과 그의 파 트너였던 승재였다. 하산 도중 승재가 무사히 빠져나간 좁은 암벽을 주완이 뒤따르다가 위에서 떨어진 돌에 중심을 잃으며 크레바스에 빠지고 말았다. 주완이 떨어지면서 자일로 연결된 승재까지 얼음 구덩이에 매달렸다. 둘은 그곳에서 비박을 하며 하루를 보냈다. 그 사고로 주완은 다리가 골절되고 발가락 두 개를 잃었다. 그러나 승재는 발가락 네 개와 손가락 여덟 개를 잃었다. 승재의 피해가 컸던 것은 경험의 부족과 극한의 추위를 겪어보지 못한 체력에 있었을 것이다. 승재는 퇴사하고 수차례 수술과 한방치료와 재활훈련을 받았다. 주완은 매일 저녁 병원에 찾아가 승재의 상태를 살폈다. 몸의 상처보다 심각한 것은 승재의 정신이었다. 승재는 자주 절망했고 우울증에 시달렸으며 주완을 원망했다. 주완은 그가 퍼붓는 고통스러운 절규를 다 받아냈다. 결혼 날짜는 무기한 연기되었다.

중고 컴퓨터 매장은 군청 뒤에 그대로 있었다. 이 년 전 겨울에 그녀는 양평에 왔다가 중고매장 앞을 지나게 되었다. 그녀는 구청이나 각종 단체에서 발행하는 홍보지나 소식지의 교정을 보거나 자서전을 대필하는 일을 하고 있었다. 회사에서 홍보물을 만들던 실력으로 꾸준히 일을 받아왔다. 한글 작업을 하다 보면 다른 부분보다 키보드 고장이 잦았다. 다른 기능은 쓰지 않고 한글작업만 하는데 굳이 새것이 필요할까 생각하던 차에 발견한 중고매장이었다.

사장은 그때처럼 책상 앞에 앉아 컴퓨터 본체를 해부하고 있었다. 유진이 들어가도 아는 체를 하지 않았다. 작업 중에 나사라도 하나 없어지면 낭패라는 듯 집중하고 있었다. 사장은 찾는 게 있는지 둘러보라고 입으로만 말했다. 그녀는 그의 말대로 가게를 둘러보았다. 벽에 가로로 길게 붙여놓은 선반 위에 컴퓨터 모니터가 보기 좋게 정돈되어 있었다. 노트북은 없었다. 예전 그대로였다. 달라진 것이 있다면 큰 달력이 있던 자리에 그만한 크기의 사진이 벽에 붙어 있다는 것이었다. 후지산이었다. 눈이 내린 넓은 벌판 한가운데 원추형으로 자리 잡은 흰머리의 후지산 중턱에 뭉게구름이 걸려 있었다. 그녀가 사진 앞에 말없이 서 있자 그제야 사장은 고개를 들었다.

"사진 좋죠? 아는 녀석이 찍은 건데."

사진 이야기에 그녀는 가방에서 USB 카트를 꺼냈다. 그녀의 자초지종을 듣더니 사장은 이 년 전의 일을 기억해내려고 미간에 주름을 만들었다. 그녀는 매장에 중고 노트북이 없어서 사장님이 여기저기 전화를 했었다고 귀띔했다. 그때 사장은 잠깐만 기다리라며 전화번호가 적힌 수첩을 꺼냈다. 중고 노트북은 찾는 사람이 많아서 일대일로 중개해주는데 혹시 나온 게 있는지 알아본다며 전화를 돌렸다. 사장이 전화를 걸고 있는데 가게 문이 열렸다. 근영이라는 남자는 국방색점퍼를 입고 있었다. 그녀는 어깨 길이까지 머리가 내려오고 곱상한 얼굴의 그를 보고 언뜻 여자인가 착각했다. 남자는 사장에게 일본에 가야 하는데 약간 부족하니 돈 좀 빌려달라고 했다. 사장은 빌려간 돈이 얼마인데 또 빌리냐며 타박을 했다. 안 쓰는 노트북이 있다고 했지? 그거 팔아서 보태면 되겠네. 사장은 그녀에게 그를 소개했다. 남자는 조금만 기다리라며 나가더니 바람의 속도로 집에 다녀왔다. 그가 내민 노트북은 상태가 깨끗했고 무엇보다 새것의 절반 가격이었다. 남자는 그 돈으로 일본을 다녀왔고 사장에게 후지산을 선물했던 모양이다.

그녀는 남자의 인상착의를 설명했다. 키가 크고 마르고 머리가 긴.

"아하, 근영이군요. 저 사진 찍은 녀석."

미간을 활짝 펴며 사장이 소리쳤다. 그는 서랍 속에서 수첩을 꺼내 맨 앞장에 적힌 기역에서 김근영을 찾더니 전화를 걸었다. 그러나 고객의 요청으로 정지된 전화번호라는 멘트가 흘러나왔다. 사장이 몇 군데 다시 전화를 넣었다.

"일본에 갔어? 또 깜빡했네. 하긴 겨울에는 꼭 가니까. 그 녀석은 벌어서 사진 찍는 데 다 부어버리니 언제 철이 들 건지. 그래도 부럽긴 하다야. 우리는 언제 일본으로 출사 가냐?"

사장은 남자와 사진동호회를 하고 있다고 했다. 그녀는 가방에서 USB를 건넸다. 일본에 가 있는 남자를 찾아갈 수 없으니 대신 사장에게 맡겨놓을 생각이었다. 사장은 그럴 필요 없다며 집에 갖다 주라고 했다.

"근영이 집이 초등학교 근처 문방구예요. 엄마가 계시니까 거기 맡겨놓으세요."

그녀는 USB 카드를 코트주머니에 넣고 가게를 나왔다. 남자 대신 그의 엄마를 만나러 가게 될 줄은 몰랐다. 그가 일본에 사진을 찍으러 갔다는 말은 하나의 실마리가 되었다. 그의 노트북에 일본에서 찍은 사진이 들어 있는 이유 하나는 알 수 있게 된 셈이었다.

오른쪽에 야트막한 산이 나타났다. 완만한 능선이 검은 하늘에 맞닿아 있었다. 가로로 길게 누운 산은 잠든 짐승처럼 온순해 보였다. 옆 좌석에 던져놓은 휴대폰의 창에 문자메시지가 도착했다. 유진은 왼손으로 운전대를 잡고 오른손으로 문자를 확인했다. 엄마, 언제 와? 올 때 빵 사오는 거 잊지 마. 마루가 좋아하는 빵은 슈크림 빵이었다. 입술에 하얀 생크림을 발라야 먹을 수 있는 빵. 유진은 한 손에 휴대폰을 들고 키패드를 두드렸다. 한 자씩 더듬거리며 문자를 치는데 갑자기 오른편 밤하늘이 환해졌다. 야구경기장의 조명이라도 비춘 것처럼 산 전체가 고스란히 드러났다. 이번에는 피하지 않을 생각이었다. 알 수 없는 일이라고 눈을 감으면 세상 또한 자신에게 어떠한 진실도 보여주지 않을 것이다. 유진은 속도를 늦추며 오른쪽으로 고개를 돌렸다. 그저 산일 거라고 생각했던 산 밑에 야트막한 집이 한 채 숨어 있었다. 그 길을 오가며 한 번도 보지 못한 집이었다. 환하던 빛이 조금씩 스러지자 하늘은 언제 그랬냐는 듯 다시 캄캄해졌다. 뒤에서 따라오던 차가 추월해나가며 경적을 울렸다. 갈지자로 운전하지 말라는 경고였다. 그 차의 운전자는 산 밑에 외따로 사는 사람에 대해서 죽을 때까지 알지 못할 것이다. 그리고 때때로 그 산에 폭죽처럼 조명탄이 터진다는 사실도.

남자의 엄마가 운영한다는 문방구에는 마루 또래의 초등학생들이 가득했다. 동전을 든 고사리 손들이 남자의 엄마를 향해 뻗어 있었다. 아이들은 물건을 고르기도 전 돈부터 냈다. 성미가 급한 아이들은 거스름돈 받는 시간을 차분히 기다리지 못했다. 발을 동동 구르거나 빨리 달라고 재촉했다. 유진은 소란이 끝날 때까지 기다리며 서 있었다. 그러나 꼬마 손님들은 계속해서 들어왔다. 남자의 엄마가 유진에게 무슨 일로 왔냐고 소리쳤다. 그녀도 크게 말했다.

"전에 아드님 노트북을 구입했는데 사진이 있어서 전해주러 왔어요."

남자의 엄마가 방에 들어가 있으라고 가게 안쪽을 가리켰다. 그녀는 아이들을 이리저리 피해서 방으로 들어갔다. 방은 정갈하게 정돈되어 있었다. 이불장과 5단 서랍장과 텔레비전. 그 흔한 책상도 침대도 없었다. 방 한쪽에 주방이 있고 그 옆에 화장실이 딸려 있었다. 이곳이 가게이자 살림집이라는 것을 알 수 있었다. 서 있는 그녀의 눈높이에 액자가 걸려 있었다. 가족사진을 모아놓은 액자였다. 남자의 어린 시절과 학창시절 모습, 부모님과 찍은 사진도 있었다. 그녀는 액자의 한 귀퉁이에서 노트북 속의 볼이 빨간 여자를 발견했다. 남자의 졸업사진이었다. 검은 교복을 입은 남자와 사내 녀석들이 꽃다발을 들고 있는 여자를 둘러싸고 있었다. 키가 큰 남자는 붉은 모직 원피스를 입은 여자의 뒤에서 손가락으로 하트를 만들며 활짝 웃고 있었다.

"사진보고 있었어요?"

남자의 엄마가 방으로 들어서며 음료수를 내밀었다. 개구리같이 와글거리던 아이들이 모두 빠져나가자 가게는 적막강산이었다. 하교 시간 동안만 반짝 바쁜 모양이었다.

"저 사진은 졸업 사진인가 봐요?"

유진은 벽에 걸린 액자의 한 귀퉁이를 가리켰다.

"고등학교 졸업 사진이에요. 키 큰 애가 우리 애예요."

"제일 잘생겼어요."

"그래요? 내가 봐도 이쁘긴 해요."

"저분은 담임선생님인가 봐요?"

"맞아요. 우리 애를 많이 이뻐했죠. 참, 우리 아들 사진 자랑 좀 해야 겠네."

남자의 엄마는 서랍장 위에서 우리 아들 사진이라는 제목이 붙어 있는 앨범을 내렸다. 그녀는 앨범을 한 장 한 장 넘겨가며 사진에 대해 설명했다. 자신이 찍은 사진을 인화해서 앨범에 넣어주고 엄마에게 하나하나 설명해주는 자상한 남자의 모습이 보였다. 앨범에는 일본의 일상적인 풍경 사진이 많았다. 파도가 치는 해변과 지붕이 낮은 집과 눈발이 날리는 들판과 검은 까마귀들. 앨범을 다 넘기도록 다다미가 깔린 여관 풍경은 보이지 않았다. 볼이 동백처럼 붉은 여자도 없었다. 꼬마손님이 밖에서 남자의 엄마를 불렀다.

"잠깐만 기다려요."

남자의 엄마가 방문을 닫고 나갔다. 그녀는 USB 카드를 가방 깊숙한 곳으로 집어넣었다. 남자는 연인의 사진이 담긴 폴더의 이름을 홍안이라고 지었다. 큰 기러기와 작은 기러기를 아울러 부를 때 홍안鴻雁이라고 한다. 누가 큰 기러기고 누가 작은 기러기인지 모르지만 두 사람은 한때 사랑하는 사이였다. 그들의 사랑에는 장애가 많았고 어쩌면 지금은 서로의 행복을 빌어주는 사이가 되었을지 모른다. 남자는 두 사람의 첫 여행이자 마지막 여행지였던 장소를 잊지 못해 해마다 겨울이면 그곳을 순례한다. 세상의 눈총으로부터 연인을 지켜주고 싶었을 남자와 여자. 그녀도 그들의 사랑을 지켜주고 싶었다. 그녀는 밖으로 나와 아이들에게 둘러싸인 남자의 엄마에게 가볍게 목례를 했다. 남자의 엄마는 더 있다 가라며 아쉬워했다. 아들 사진을 보며 천천히 놀다가라고 했다. 남자의 엄마는 유진이 가져왔다는 사진에 대해서는 잊은 것 같았다. 유진은 사진을 미처 챙겨오지 못했다며 다음에 꼭 들르겠다고 약속했다. 그때는 아드님 사진을 오래 구경하겠다고 말했다. 남자의 엄마는 가게 밖까지 따라 나왔다. 아들을 찾아온 이유만으로 유진은 남자의 엄마에게 이미 소중한 사람이었다.

유진은 주완과 살았던 신혼집으로 차를 몰았다. 마치 양평을 찾아온 목적이 그것이었다는 듯. 서울로 이사한 뒤 그녀는 이곳에 한 번도 와보지 않았다. 길가에 차를 주차하고 골목으로 들어갔다. 눈이 녹아서 길이 질척거렸다. 다세대 주택의 벽은 빗물이 검게 흘러내린 흔적과 부식된 창틀의 붉은 녹물로 지저분하게 얼룩져 있었다. 그녀가 살던 방은 햇빛이 잘 드는 사 층이었다. 창문에 갈색 블라인드가 내려져 있었다. 주완은 아이의 혈액형이 자신과 같다는 것을 확인하고 안도했다. 주말에 시간을 낼 수 없었던 그는 평일 저녁에 한차례 내려왔다가 새벽같이 올라갔다. 바삐 오가면서도 아이의 일상을 궁금해했다. 좀 더 크면 산에 데리고 다니겠다고 했다. 그러나 아이가 자라려면 멀었고 서울의 자취방과 승재의 집과 양평을 오가는 그의 세 집 살림살이는 끝이 보이지 않았다. 둘은 전화로 자주 싸웠다. 싸우는 것도 애정이 있을 때나 가능한 일이었다. 유진은 다세대 원룸 앞에서 그때가 그녀의 화양연화가 아닐까 생각했다.

집 앞 카페는 빵집으로 바뀌어 있었다. 마루의 첫 돌 무렵 산호가 찾아왔을 때 만났던 장소다. 산호가 아이의 옷을 내밀며 엷게 웃었다. 그는 아이의 이름을 물었다. 마루라고 했더니 놀란 표정을 지었다. 산등성이의 가장 높은 곳이 마루잖아요. 나도 마루라고 짓고 싶었는데. 유진의 가슴이 찌르르 아파왔다.

그녀는 슈크림 빵과 크림크루아상과 햄빵을 담았다. 모두 마루가 좋아하는 빵이었다. 유진은 자신을 위해서도 박하바게트를 골랐다. 아르바이트생이 빵을 포장하는 사이 제빵사가 갓 구운 빵을 들고 나와서 진열대에 올려놓았다. 제빵사의 집게손가락 두 개가 뭉툭했다. 놀라서 다시 보니 밀가루가 묻어 있었다. 그가 씩 웃으며 밀가루가 묻은 손으로 하트를 만들어 보였다. 유쾌한 남자였다. 유진은 빵 값을 계산하다가 수익금을 사회에 환원하는 가게라는 안내문을 보았다. 콩나물시루에 물을 한 바가지 부어주는 일이었다.

유진은 가속 페달을 밟았다. 멀리 터널이 보였다. 둥근 터널이 반달처럼 떠올랐다. 마지막 터널이었다. 터널만 벗어나면 마루가 기다리고 있는 집이었다. 기러기는 목적지에 다다를 때까지 끊임없이 울며 자신의 존재를 알린다. 나도 날고 있으니 지치지 말라고 위로한다. 그녀는 주위를 둘러보았다. 수많은 사람이 날고 있었다. 그들은 노트북의 남자이거나 남자의 엄마이거나 홍안의 여자이거나 중고매장의 사장이거나 아르바이트생이거나 제빵사였다. 리더가 누구인지는 중요하지 않았다. 중요한 것은 함께 비행한다는 사실이었다. 그녀는 주완의 짐을 덜어주고 싶었다. 승재의 일이 쉬워져서 다행이라고 말해주고 싶었다. 어쩌면 그녀도 승재를 위해 할 일이 있을 것 같았다. 터널을 벗어나자 허기가 밀려왔다. 그녀는 바게트빵을 한입 베어 물었다. 입안 가득 화한 박하 향이 퍼졌다.

솔밭 사이로 강물은 흐르고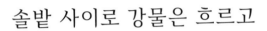

재인은 감았던 눈을 뜬다. 실내에는 아직 미명이 남아 있다. 재인은 익숙한 눈으로 흐릿한 사물들을 더듬어간다. 스무 평 남짓한 장방형의 실내는 모든 사물을 숨김없이 드러낸다. 어슴푸레한 구석에는 화초가 놓여 있다. 화초가 들어온 지 이 년이 지났지만 재인은 화초의 이름을 모른다. 일주일에 한 번씩 큰 주전자에 물을 받아 말없이 쏟아부을 뿐이다.

실내의 한복판에 사 인용 소파가 여섯 개, 육 인용 소파가 두 개 놓여 있다. 낡은 쥐색 소파는 이미 어둠의 심연에 가라앉아 숨죽인 채 웅크리고 있다. 재인은 오늘 그곳에 앉았다 간 사람들이 몇이었는지 헤아리기 시작한다. 다섯을 기억해내지 못한다. 쉬 피로하고 쉬 진력이 난다. 재인의 눈이 벽을 따라 움직인다. 벽돌은 이미 붉은빛을 잃었지만 재인은 한사코 그 빛에 매달린다. 잿빛 어둠 속에서 붉은 벽돌이 한 장 한 장 도드라진다. 재인은 그제야 느리게 일어나 실내등을 켠다. 카운터에 대롱대롱 매달린 유리등에는 고대 이집트의 여인들이 양각으로 새겨져 있다. 표정을 알 수 없는 측면의 얼굴이 불을 켜는 순간 생기 있게 확 살아난다. 이천여 년 전 나일강가에서 물을 긷던 여인이 환생하는 순간이다. 싱크대의 물방울들이 보석처럼 반짝인다. 사물들이 낮과는 다른 색감으로 화사하게 빛나기 시작한다. 재인은 해질녘이 되면 언제나 조바심을 했다. 주홍색 탁자와 붉은 벽돌이 서서히 흑백사진처럼 탈색되어가는 시간을 기다렸다가 재인은 등불을 켰다. 유리창이 어둑해오면 해가 졌나 나가보고 불을 켰다가도 이른 듯하여 다시 불을 끄고 어떤 날은 아주 늦도록 불을 켜지 않았다. 읽고 싶은 책을 구해놓고 아까운 마음에 첫 페이지를 열지 못하던 어린 날처럼.

재인은 빛에서 어둠으로 넘어가는 경계의 시간을 좋아했다. 하나의 자신이 지우개로 지운 것처럼 지워지고 또 다른 자신이 태어나는 느낌이었다. 그 주관적인 시간을 남편은 용케도 알아맞혔다. 남편은 언제나 등불을 밝혀놓는 시간에 들어섰다. 재인 씨와 저는 뭔가 통하는 모양인데요. 그녀의 마음을 얻기 위해 차 안에서 불이 켜질 때까지 기다렸던 시절의 남편은 그나마 순수한 구석이 있었는지 모른다.

재인은 원두커피를 꺼내 분쇄기에 넣고 갈기 시작한다. 원두의 향이 작은 공간을 가득 채운다. 어떤 바리스타의 말처럼 커피 한 잔은 단순히 음료를 마시는 일에 그치지 않을 것이다. 눈으로는 공간을 마시고 가슴으로는 시간을 마시는 일이라는 말에 여자는 공감한다. 무언가를 취할 때 그것에 내재된 시간까지 모셔오는 일이니 예의를 갖춰야지. 차 한 잔을 앞에 놓고 묵상에 잠기던 헌의 말이 떠오른다. 선문답 같았던 헌의 말을 이해하기까지는 많은 시간이 걸렸다.

헌은 카페이름을 '송천松川'이라고 지었다. 도담도담, 들판의 작은 꽃, 숲길 따라, 다락방고양이…… 구르듯 매끄러운 이름을 놔두고 그는 굳이 그 이름을 고집하였다. 너를 보고 있으면 솔바람 소리가 들려. 짭조름한 바닷바람이 해송의 푸른 이마를 훑고 지나는 소리, 먼 옛날 북부여의 숲에서 알토란 같은 아이가 쏜 화살이 과녁을 향해 날아갈 때 들리는 명적소리. 재인은 헌의 말을 끊었다. 듣고 보니 내가 아니라 주몽인데? 헌이 재인의 이마를 손가락으로 꾹 눌렀다. 주몽과 너의 공통점이 소나무잖아. 너는 소나무 송 씨고 주몽은 소나무 밑에 거울을 감췄고. 재인은 막 갖다 붙이는 헌을 보고 웃었다. 아무튼 네가 앉아만 있어도 이곳은 솔내음 그윽한 숲이 되는 거야. 솔향기를 파는 카페, 어때? 근사하지? 재인은 헌의 말을 들으며 솔숲 사이에 강물을 그려 넣었다. 재인은 소나무가 바닷바람을 맞고 서 있기보다 강물소리에 귀 기울이기를 바랐다. 헌이 지어준 송천이라는 상호를 재인은 한글로 풀어 솔내라고 불렀다.

재인은 사이폰 커피머신 하단에 있는 둥근 플라스크에 물을 붓고 알
코올램프에 불을 붙인다. 의식을 치르는 사제처럼 엄숙하다. 사이폰으
로 끓인 원두커피를 마시려고 사람들이 다시 이곳을 찾기까지 오랜 세
월이 흘렀다. 재인은 어머니의 카페를 물려받은 이후로 줄곧 같은 방식
으로 커피를 끓였다. 유행은 돌고 돌아 제자리로 돌아왔다. 원두커피를
마시던 사람들이 믹스커피로, 믹스커피가 커피머신으로, 커피머신이
다시 원두커피로 돌아오는 동안 이곳은 고립된 섬처럼 문명을 따라가
지 못했다. 초기에는 대학생들과 지식인들이 이곳을 찾았으나 그들이
떠나자 명맥을 유지하기 힘들었다. 가게를 내놓으라는 어머니의 성화
가 빗발쳤지만 재인은 이곳을 떠나지 않았다. 톡 쏘는 맛과 단맛이 강
한 모카, 좀 더 강한 산미의 예가체프, 부드러운 콜롬비아, 향기가 좋은
블루마운틴을 가려마시던 사람들이 도시에서의 유랑을 마치고 이곳에
돌아와 쉬게 될 날을 꿈꾸었다. 재인은 그들에게 노란 등불을 밝힌 집
이 되고 싶었다.

둥근 플라스크의 탐스런 엉덩이 밑에서 알코올램프의 불꽃이 일렁
인다. 물이 끓기 시작한다. 재인은 상부플라스크를 끼운다. 끓는 물이
압력에 의해 위로 빨려 올라간다. 나무막대로 물을 저어 온도를 식히고

커피가루를 넣는다. 한 스푼, 두 스푼, 세 스푼. 혼자 마시려는 커피에 웬 물을 이렇게 많이 부었는지 모르겠다. 커피가루와 물이 잘 섞이도록 휘휘 젓는다. 검은 호수가 빙글빙글 돈다. 블루마운틴의 초콜릿향이 카페 안을 가득 채운다. 손이 떨리고 심장이 빠른 템포로 요동친다. 재인은 손으로 가슴 부위를 지그시 누른다. 커피 향만으로도 그녀는 이미 혼곤해진다.

커피는 재인이 금해야 할 식품 1호다. 하루에 대여섯 잔을 마셔도 이상이 없었는데 마흔 살 생일을 넘기면서 불면증이 왔다. 불면증에 좋다 하여 잠자기 전 라벤더 오일로 목욕을 하고 따뜻한 우유를 마셨지만 나아지지 않았다. 재인은 잠들지 못하는 밤마다 거실의 소파에 누워 텔레비전을 보았다. 텔레비전 화면에서 흘러나오는 형형색색 빛의 파장이 재인을 부드럽게 감싸 안았다. 재인은 가수면 상태에서 맨발로 온 세계를 걸었다. 베트남 해안가의 모래 언덕을 걷기도 하고 발리의 열대우림 속에서 쏟아지는 비를 맞기도 하며 오성기가 펄럭이는 라싸의 포탈라 궁까지 오체투지를 하기도 했다. 수많은 티베트인들의 행렬처럼 불면의 밤은 이어졌다. 밤새 눈꺼풀을 감았다 떴다 하는 사이 새벽빛이 어둠을 허물며 거실에 들어찼다. 낮에는 좀체 잠이 오질 않았다. 돌이 들앉은 것처럼 뻑뻑한 눈으로 몇 달을 보내는 동안 체력은 바닥이 났다. 몸의 면역 체계에도 이상이 생기기 시작했다. 온몸 구석구석에 염증이 생겼으나 약을 먹어도 낫지 않았다. 병원에서는 골수에 이상이 생길 수 있다는 진단과 함께 고단백 식품을 처방하고 술과 담배, 커피를 금지시켰다.

커피를 마시지 말라는 것은 카페의 문을 닫으라는 말과 같았다. 커피를 볶는 것에서부터 분쇄기에 갈고 물의 양을 맞추고 불의 온도를 조절하는 것까지 맛을 보지 않고는 할 수 없는 일이 카페의 일이었다. 미세한 차이에도 다른 맛을 내는 커피의 특성을 알기에 재인은 결국 카페를 넘기기로 했다. 안간힘으로 붙잡고 있던 끈 하나가 툭 끊어져 버린 느낌이었다. 카페를 부동산에 내놓으며 재인은 자신의 머리가 반백이 되어버렸다는 사실을 깨달았다.

재인은 약속과 기다림에 대한 전설을 알고 있다. 인도 서부의 로하르 부족이 그들이다. 메와르 왕국의 왕들은 이슬람의 무굴 제국에게 패하여 수도인 치토르가르를 떠난다. 남은 군인과 여인들은 명예로운 죽음을 택한다. 로하르 부족은 왕이 치토르가르를 탈환하면 돌아오겠다는 맹세와 함께 유랑의 길을 떠난다. 왕은 끝내 치토르가르에 귀환하지 못했고 그들은 영원히 지킬 수 없는 약속 때문에 고향으로 돌아가지 못한 채 사백 년 동안 떠돌고 있다. 십 년도 백 년도 아닌 사백 년이라니…… 사백 년을 기다리는 사람도 있는데 자신은 고작 사 년도 기다리지 못했다.

이런, 아직도 불꽃이 타고 있다. 재인은 서둘러 알코올램프의 불을 끈다. 하부의 기압이 낮아지면서 상부플라스크에 있던 물이 쭈욱 소리를 내며 한 방울도 남김없이 밑으로 빠져나간다. 해안을 삼킬 것 같은 기세로 달려들던 파도가 정작 해변에 도착해서 완전히 소멸하는 것과 같았다. 어느 해 봄 헌은 지리산에서 가져온 선물이라며 작설차를 불쑥 내밀었다. 스님 말씀이 차는 영혼을 맑게 해준대. 차를 마시면서 자신을 비우는 노력을 기울이다 보면 한낱 껍데기뿐인 육신으로부터 자유로워질 수 있다고 하셨어. 영혼은 언젠가 육신을 떠나고 또 다른 자궁을 빌려서 태어나지. 삶은 끊임없는 흐름이니까. 헌은 그때 이미 돌아오지 않을 길을 예비하고 있었을까.

재인은 따뜻하게 데운 머그잔에 커피를 따른다. 커피를 마시지 말라는 의사의 경고를 의식할수록 커피는 금단의 열매처럼 재인을 유혹한다. 재인은 카페의 마지막을 장식할 마지막 커피를 물끄러미 바라본다. 커피 한 잔에 혼자만의 사랑, 혼자만의 청춘, 혼자만의 기다림이 녹아 있다. 짧지 않은 세월 동안 재인은 늘 혼자였다. 재인은 화난 사람처럼 커피를 반나마 마신다. 뜨거운 것이 식도를 타고 내려가며 온몸의 세포 하나하나를 일깨운다. 재인은 신앙과도 같았던 카페를 떠나 어떻게 살아야 할지 막막하다. 햇빛이 비치는 거실의 창가에 앉아 온종일 해바라기를 하게 될까. 차들이 딱정벌레처럼 고속도로로 진입하는 모습을 지

치도록 바라보게 될까. 주인 없는 스웨터를 짰다가 풀며 늙어갈까.

재인은 아침부터 미적미적 미루어온 일을 시작한다. 엘피판과 턴테이블을 박스에 포장하는 일이다. 권리금을 받고 기물까지 넘기는 것이지만 누가 인수한다 해도 엘피판과 턴테이블은 천덕꾸러기 신세일 것이다. 친구들은 음질이 깨끗하고 매끈한 시디를 선호하지만 재인은 달랐다. 웅장하고 깊이 있는 울림은 결코 시디에서 찾을 수 없다고 생각했다. 서쪽 벽에 엘피판이 수백 장 꽂혀 있다. 재인은 눈을 감고도 어디에 어떤 음반이 꽂혀 있는지 찾아낼 수 있다. 매일 그 일만 하다 보면 누구나 할 수 있는 일이다. 재인은 어머니가 모은 것과 자신이 헌과 함께 사들인 음반을 상자에 담는다. 헌이 올 때까지 그 음악들을 이곳에서 끝없이 재생시키리라 다짐했지만 재인은 이제 그 바람을 접기로 한다.

여행을 좋아하는 헌은 서른이 다 되도록 뚜렷한 직장을 갖지 못했다. 보름 혹은 한 달씩 휴가를 내고 자리를 비우는 직원을 어느 회사에서 용납하겠는가. 어디에도 가지 못하는 재인은 헌의 방랑벽을 사랑했다. 그는 자전거 하나를 끌고 어디든 갔다. 우리나라의 국도변이든 일본의 고도이든 스페인의 산티아고든 가지 못하는 곳이 없었다. 세계를 떠돌다가 자전거를 이끌고 까무잡잡한 얼굴로 솔내에 들어서면 이곳은 그가 떠나온 나라가 되었다. 페달을 밟을 때의 거친 호흡과 이마의 땀방

울과 강렬한 태양빛과 뱃사람들의 고함이 우렁우렁 울려 퍼졌다. 그럴 때 재인이 할 수 있는 일은 개선행진곡을 트는 일이었다. 헌은 노곤한 육신을 내려놓고 오래 잠을 자다 돌아가곤 했다.

그러던 헌이 아프리카로 떠난 뒤에 영 돌아오지 않았다. 그는 몇 달간 모은 돈으로 세상을 떠돌다가 돌아와 여행 에세이를 한 권씩 출간했다. 팔리지 않는 책을 자비로 출간해서 소장하는 것이 그가 살아가는 삶의 방식이었다. 그런 날에는 둘이 조촐한 파티를 했다. 재인은 그의 첫 독자이며 유일한 독자였다. 그는 반드시 돌아올 거야. 기다림으로 하루하루를 연명하던 그해 겨울, 재인의 몸은 연기처럼 소진되어 갔다. 그 아픈 날에도 엘피판은 쉼 없이 돌았다. 애절한 흑인 영가가 차갑게 얼어붙은 솔내에 흐르고 소리 없이 찻잔을 씻는 재인이 있었다. 솔밭 사이로 강물이 휘돌아 흐르고 흐르다가 넘쳐 틱틱, 판 튀는 소리로 멎을 때까지 재인은 그렇게 뿌옇게 흐려진 그릇을 닦고 또 닦았다.

전화벨 소리가 고요한 정적을 깬다. 재인은 음반을 포장하다 말고 벽시계에 눈을 준다. 화살촉을 닮은 시침이 팔과 구의 중간을 가리키고 있다. 부지런히 그 뒤를 쫓는 분침과 경망스레 째깍대는 시침까지 남편을 마중하고 있다. 벨 소리가 여러 차례 울린 후에야 재인은 무겁게 수화기를 든다.

뭐 하느라고 전화를 안 받아? 열 시까지 갈 테니까 준비하고 있어.

대충 이런 내용인 것 같다. 사무실인지 남편의 목소리는 웅웅거리는 엔진소리, 간드러지는 트로트와 함께 그대로 삼중주를 이룬다. 그 완벽한 어울림. 여자는 들고 있던 소음 덩어리를 가만히 내려놓는다. 남편은 소음과 친숙하다. 남편이 경영하는 주유소는 고속도로로 이어지는 소읍의 외곽에 있다. 오색의 바람개비가 하늘을 점거하고 현란하게 돌아가는 입구에는 '고속도로 진입 전 마지막 주유소', '5만 원 이상 자동세차'라는 입간판이 서 있다. 그래서인지 자동세차기 앞은 여분의 서비스를 받으려는 차들이 붐빈다. 대기 중인 차들은 앞차가 조금만 주춤거린다 싶으면 여지없이 경적을 울려댄다. 남편과의 결혼은 계획에 없던 일이었다. 재인은 방심하고 있다가 그가 쳐놓은 덫에 깊숙이 빠지고 말았다.

헌의 눈치를 살피던 남편은 헌이 보이지 않자 카페를 제집처럼 드나들기 시작했다. 그 사람 아직도 소식이 없나 보죠? 사람 좋은 얼굴로 헌의 소식을 물어오기도 했다. 너스레를 떠는 남편의 얼굴이 불빛 아래에서 번들거렸다. 쌍꺼풀이 크고 기름기가 많은 얼굴이었다. 남편이 청혼했을 때 재인은 헌이 자주 쓰던 비유적 표현으로 말을 돌렸다. 유화 부인이 금와와 결혼하지 않은 이유를 아세요? 어떤 책에서 보니까 개구리를 닮은 아이를 낳을까 봐 그랬대요. 기다림이라는 희망을 간직한 재인의 눈에 분노로 일그러진 남편의 얼굴은 보이지 않았다.

남편의 두 번째 청혼은 사 년 뒤에 있었다. 솔내를 드나들던 사람들이 직장을 잡아 큰 도시로 떠나자 카페는 황량해졌다. 헌은 사 년 동안 소식이 없었다. 풍토병에 걸렸거나 아프리카 처녀를 아내로 맞았는지도 몰랐다. 헌의 부재가 기정사실화될수록 재인은 헌을 추억하는 일에 병적으로 매달렸다. 남편은 그 역할을 착실히 수행했다. 음악도 같이 들어주고 술도 같이 마셔주고 눈물도 닦아주었다. 남편의 청혼을 받아들인 것은 헌을 체념한 순간이었다. 헌의 방랑벽을 사랑했지만 돌아오지 않는 사람을 사랑할 수는 없었다.

　　재인은 박스를 포장하다 말고 멍하니 앉아 있다. 모든 것을 헌이 떠나기 전으로 되돌리고 싶었다. 다시 그때로 돌아간다면 다른 선택을 할 수 있을 것 같았다. 재인은 아프리카로 떠나는 헌에게 아무런 희망도 주지 못했다. 영혼에 이어 육체까지도 하나가 되고자 했던 헌에게 재인은 늘 아직이라고 말했다. 재인의 몸이 열리지 않는 이유를 알고 있는 그였지만 그때만큼은 달랐다. 어떻게든 재인을 품으려 했고 뜻을 이루지 못하자 참담한 표정을 지었다. 육을 배제한 사랑은 반쪽뿐인 사랑이야. 육을 모르는데 어떻게 그것을 진실하다 할 수 있겠니. 나는 영과 육이 하나 된 사랑을 하고 싶어. 재인은 육 년을 기다린 헌에게 더 기다려달라고 말할 수 없었다. 약의 도움으로 조금씩 나아진다 해도 완전히 치유되기까지 얼마나 걸릴지 알 수 없는 일이었다. 재인은 잘 다녀오라는 인사 대신 좋은 사람 만나면 그 사람을 사랑하라고 말했다. 그녀는 거짓된 마음을 진실인 척 말했다. 사랑하는 사람이 생기면 돌아와. 헌을 믿기에 그렇게 말할 수 있었다. 재인은 그가 다른 사람을 사랑할 수 없을 거라고 확신했다. 그건 재인도 마찬가지였다. 그러나 확신에 찬 그 말이 헌을 돌아오지 못하도록 만들었다. 재인은 헌에게 지키지 못할 약속을 요구한 셈이었다. 재인을 사랑하고 있으니 누구도 사랑할 수 없고 누구도 사랑할 수 없으니 돌아올 수 없는 처지였다. 결국 헌을 돌아오지 못할 유랑의 길에 접어들게 한 장본인은 바로 자신이었다. 그리고 자신은 왕의 귀환을 기다리지 않고 삶의 터전인 치토르가르로 돌아온 로하르 부족의 여인이었다.

카페 문에 달린 종이 달랑달랑 울린다. 재인은 몸을 일으켜 문쪽을 바라본다. 현기증이 인다. 캄캄하게 암전된 재인의 시야 속으로 배낭을 멘 사람들이 들어선다. 아, 헌이다. 여자는 무릎이 꺾일 것 같아 손을 뻗어 카운터를 붙잡는다. 재인은 동공을 크게 연다. 학생으로 보이는 남자애와 여자애가 자전거 헬멧을 한 손에 들고 서 있다. 둘은 연두색 두건을 쓰고 빨간 멀티스카프를 목에 두르고 검정색 사이클복을 입었다. 재인은 두 사람이 다른 지방에서 왔다는 것을 알아차린다. 헌이 다른 곳의 바람을 몰아오듯 카페 안에 건강한 기운이 넘쳐난다. 너무 오랜만의 느낌이어서 재인은 눈물이 날 것 같다. 두 사람은 카운터와 가까운 소파에 앉는다. 재인은 메뉴판을 들고 다가간다.

"커피향이 너무 좋아요. 이거 무슨 커피예요?"

여자애가 묻는다.

"블루마운틴이라고 해요. 맛과 향이 좋아서 커피의 여왕이라고 불리는 커피예요."

"그럼, 그걸로 두 잔 주세요."

"내가 마시려고 내려놓은 게 있으니까 그냥 마시고 가요."

"공짜로요?"

둘이 동시에 외친다. 더치페이가 일상이 된 학생들에게 공짜는 놀라운 일인 것 같다.

"두 사람은 우리 카페의 마지막 손님이에요. 내가 더 고맙죠."

재인은 상냥하게 미소 짓고 알코올램프로 커피를 데운다. 두 사람은 등에 맨 배낭을 내려놓고 소파의 등받이에 등을 기댄다. 둘은 소곤소곤 이야기를 나누기도 하고 박수를 치며 웃기도 한다. 재인은 더운 물에 담긴 커피 잔을 꺼내 뽀송뽀송한 수건 위에 엎어놓는다. 초여름이라 조금 더운 날씨지만 재인은 따뜻하게 데운 잔을 준비한다. 시간을 마신다는 헌의 말을 새삼스레 떠올린다. 커피 한 잔이 그녀 앞에 놓이기까지 차례차례 머물렀던 사람들의 손길과 켜켜이 쌓인 시간의 주름을 생각한다.

　재인은 무심하게 움직이며 귀를 열어둔다. 둘은 강을 따라 자전거 하이킹 중이다. 강이 있는 도시에 머물며 강물과 함께 살아온 도시를 탐색하는 것이 목적이다. 왜일까. 멋진 해변이 아니라 왜 하필 강일까. 재인은 그들의 여행 이야기가 궁금하다. 잔의 물기가 마르는 동안 커피가 알맞게 데워진다. 재인은 잔에 커피를 따른다. 넘치지도 부족하지도 않게 딱 두 잔이 나온다. 남자애가 다가와서 고개를 꾸벅이더니 커피 잔을 들고 간다.

　재인은 차갑게 식은 자신의 커피를 내려다본다. 재인의 인생처럼 절반이 남아 있다. 남은 생은 차갑게 식은 커피처럼 아무런 향도 맛도 느낄 수 없는 삶이 될 것이다. 집 안에서 도자기처럼 빛바래 갈 자신의 미래가 보인다. 재인은 자신의 생이 내리막길로 접어든 자전거와 같다고 생각한다. 내리막으로 달리는 자전거를 멈추게 할 수는 없을까. 방법은 있다. 나동그라지고 깨지더라도 브레이크를 밟는 것이다. 그런데 자전거에서 내리기에는 이미 늦은 게 아닐까. 재인은 자신이 없다. 그녀는 쓰디쓴 커피로 불안을 달랜다. 두 사람은 커피 잔이 담긴 쟁반을 들고 와 카운터에 올려놓는다.

　"잘 마셨습니다."

　"벌써 가게요?"

재인은 떠나려는 그들을 조금만 더 붙잡아 두고 싶다.

"내일 아침에 강변을 따라 남쪽으로 내려가려면 일찍 자야 해요."

둘은 손에 들고 있던 헬멧을 쓴다. 여자애가 잊고 있었다는 듯 재인에게 묻는다.

"참, 저렴하고 깨끗한 숙소를 아시면 이모님이 소개해주세요."

재인은 붙임성 있는 여자애가 조카딸 같다. 여행에 지친 그들을 집으로 데려가 하룻밤이라도 재워주고 싶다. 목욕물도 받아주고 도톰한 목욕가운도 내어주고 보송보송한 이부자리도 깔아주고 싶다. 한 번쯤은 그렇게 아이들을 자신의 품에서 재우고 싶다.

재인은 두 사람과 함께 밖으로 나와서 그루뫼산이 있는 쪽을 가리킨다. 네온간판이 늘어선 시가지를 벗어나면 바로 산자락이 나온다고 알려준다. 그 산자락 아래 오래된 고택을 개조해 운영하는 게스트하우스가 있다. 두 사람은 재인에게 허리를 숙여 인사한다.

"이곳은 노을이 참 아름다운 거 같아요. 이모님도요."

재인은 멀어지는 두 사람을 향해 손을 흔든다. 헌에게 해주지 못했던 인사를 건넨다. 잘 다녀오렴. 재인은 그들이 작아질 때까지 오래 바라본다. 그들을 따라 강이 있는 도시들을 유랑하고 싶다. 그러면 메마른 자신의 가슴에도 물이 흐를까.

재인은 카페로 들어선다. 텅 빈 공간에 커피 향만이 가득하다. 사람들의 말소리도 웃음소리도 사라진 지 오래다. 재인은 등불 밝힌 따스한 집을 꿈꾸었지만 아무도 살지 않는 빈집과 다를 바 없었다고 생각한다. 온기가 사라진 이곳에는 아무도 깃들지 못할 것이다. 재인은 누구도 받아들일 수 없게 된 자신의 운명을 생각한다. 아니, 운명이라고 믿어왔던 사건을 떠올린다. 가슴이 옥죄어든다. 숨쉬기가 어렵다. 재인은 피하지 않고 어린 날의 기억과 마주선다.

그날 재인은 온종일 가게에서 만화를 보았다. 깍쟁이 할머니의 구멍가게에서였다. 손바닥만 한 가게의 벽은 온통 만화책으로 뒤덮여 있었다. 겉장은 너덜거리고 곰팡이 냄새가 폴폴 풍겼지만 할머니는 한 권도 거저 빌려주는 법이 없었다. 재인은 고아 쌍둥이 자매가 서로 다른 집에 양녀로 들어가는 만화책을 읽고 또 읽었다. 양부모를 잘못 만난 동생이 구박을 받는 장면에서는 번번이 눈물을 흘렸다. 다음 권에는 어떤 내용이 나올까. 재인은 다음 권을 보고 싶어 안달이 났다. 마른침을 삼키며 벽에 걸린 만화책을 뚫어져라 보고 있는데, 드르륵 소리와 함께 방 안에서 부스스한 얼굴이 나타났다. 짧은 치마를 입고 고무줄놀이를 하는 아이들 종아리를 흘끔거리기도 하고 과자를 사러 가면 그걸 집어주며 손을 주물럭거리는 통에 징그럽다고 소문난 삼촌이었다.

"재인아, 그거 보고 싶으면 책 가지고 들어와."

쌍둥이 동생은 언니를 만나게 될까. 부잣집에 양녀로 들어간 언니가 모른 체하면 어떡하지? 나중에 돈 생기면 볼까. 안 돼. 엄마는 필요한 것을 직접 사 주시잖아. 삼촌이 또 저번처럼 예쁘다고 손을 만지면 어떡하지. 손에 땀이 배이도록 망설이던 재인은 마침내 책을 들고 삼촌 방으로 들어갔다. 삼촌은 푹푹 찌는 여름인데도 홑이불 한 장을 덮고 있었다.

"재인아, 이불 속에 들어와서 봐."

"그냥 여기서 볼래요."

재인은 닫힌 방문에 기대앉으며 삼촌의 눈치를 살폈다.

"괜찮아. 니가 이뻐서 그러는 거야."

삼촌은 말과는 달리 우악스럽게 손목을 잡아끌었다. 삼촌의 땀에 전 셔츠가 숨을 막히게 했다. 재인은 숨을 참았다가 몰아쉬며 책을 읽었다. 삼촌의 손가락이 재인의 옷 속으로 파고들었다. 재인은 만화책 때문에 삼촌의 손길을 뿌리치지 못했다.

만화책은 해피엔딩으로 끝났지만 재인은 기쁘지 않았다. 무언가 더러운 것이 몸에 붙은 것처럼 구역질이 났다. 그날부터 열이 올랐다. 밤낮으로 열에 들떠 끙끙 앓았다. 홍역이었다. 병을 이기고 일어났을 때 재인은 자신의 몸에 닿는 모든 것을 견딜 수 없게 되었다.

그런 재인의 몸을 남편은 강제로 열었다. 바람 부는 솔숲의 차 안에서였다. 신혼여행지에서 재인을 배려하던 모습은 찾아볼 수 없었다. 결혼의 목적이 재인을 철저히 부수기 위함이었는지 남편은 본색을 드러냈다. 아픔이 해일처럼 밀려왔다.

재인은 소파에 등을 기대고 앉는다. 눈을 감고 자신의 몸 안에 있는 주먹만 한 크기의 자궁을 생각한다. 따듯하고 편안하고 아늑한 곳. 모든 생명은 자궁을 빌려 세상에 태어난다. 그게 누구이든 생명은 강물처럼 흘러야 한다.

카페를 나서기 전 재인은 실내를 빙 둘러본다. 깨끗이 비워진 싱크대와 텅 빈 냉장고, 흰 수건 위에 질서정연하게 올려진 커피 잔들을 하나씩 눈에 담는다. 손때 묻은 소파와 이름을 몰라 무명씨로 만들어버린 화초에게도 눈을 준다. 새 주인은 어쩌면 금방 이름을 찾아줄지 모른다. 프랜차이즈 카페가 들어온다니 낡은 기물들은 몽땅 버려질 것이다. 재인은 돌아오지 않을 시간에 작별을 고한다. 간판등을 내리고 실내의 조명과 카운터의 유리등을 끈다. 나일강가의 여인이 깊은 잠에 빠진다.

재인은 카페를 나선다. 셔터를 내리고 휴대폰을 꺼내 시간을 확인한다. 열 시가 다 되어간다. 남편이 자신을 찾을 거라는 염려가 머리를 스친다. 그러나 오늘은 특별한 날이고 남편도 그런 자신을 이해할 것이다. 이제 재인은 남편과 많은 시간을 함께 할 것이다. 재인은 샛 강을 향해 걷는다. 지척에 강을 두고도 너무 먼 길을 돌아왔다는 생각 이 든다.

강은 멀지 않다. 상가의 불빛이 하나둘 꺼지기 시작하는 시가지를 따라 서쪽으로 걷자 다리가 나타난다. 노란 가로등 불빛이 강물에 떨어져 금빛으로 일렁인다. 어둠 속에서 물 흐르는 소리가 들린다. 재인은 강 둑을 따라 걷는다. 쿠션이 좋은 우레탄으로 만들어진 자전거길이다. 밤 바람이 재인의 옷깃을 파고든다.

재인은 인적이 드문 곳에 이르러 둑 밑으로 내려간다. 재인은 가방에서 피임약을 꺼낸다. 알약은 캡슐에 들어 있다. 재인은 알약을 한 알씩 강물 속으로 던진다. 흰 알약들이 허공에서 반짝 빛을 냈다가 포물선을 그리며 낙하한다. 맺혔던 재인의 시간이 검은 강물에 풀어져 소용돌이 치며 흘러간다. 솔내와 함께 했던 한 시절이 흔적 없이 사라져간다. 재 인은 먼 곳으로부터 흘러와 그녀 앞에 당도한 새로운 강물을 바라본다. 북부여의 숲에서 시작된 강물이 시나브로 솔밭 사이로 접어든다. 재인 은 귀를 기울여 강물의 노래를 듣는다. 헌의 노래다.

소나무 숲과 길이 있는 곳 그곳에

나의 구월이 있다

구월의 그 이틀이 지난 다음

그 나라에서 온 이상한 새들이 내

가슴에 둥지를 튼다고 해도 그 구월의 이틀 다음

새로운 태양이 빛나고 빙하 시대와

짐승들이 춤추며 밀려온다 해도 나는

소나무 숲이 감춘 그 오솔길 비 내리는

구월의 이틀을 본다.[*]

자궁 속에서 유혈이 흐르기 시작한다.

---

[*] 류시화의 시 「구월이 이틀」 중에서.

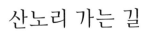

산노리 가는 길

저수지는 음식점들을 끼고 길게 이어져 있었다. 며칠 전 내린 비로 임부처럼 몸이 불어난 물이 길옆까지 넘실거렸다. 근동에서 둘째가라면 서운할 저수지의 규모답게 삼십여 분을 트럭으로 달려도 저수지의 끝 마을인 산노리는 나타나지 않았다. 수심 깊이 뿌리내린 왕버들이 무리지어 흐늘거리는 곳을 지나쳐 달리자 야트막한 언덕이 나타났다. 보기에는 가볍게 넘을 성싶었는데 언덕을 오르던 중간에 부르릉거리던 트럭의 엔진이 꺼져버렸다. 공사 현장을 십 년이나 뛴 터라 힘이 달렸다.

"빌어먹을."

아버지는 산노리 야산에 가묘를 해두었다고 했다. 언덕을 넘어가면 거기에 산노리가 있을 것 같았다. 나는 트럭을 버려두고 언덕을 오르기 시작했다. 언덕에 오르자 넓은 저수지가 한눈에 들어왔다. 저수지는 구절양장처럼 굽이져 있었다. 처음 생각했던 것처럼 한 시간 내에 저수지의 외곽을 따라 돌기가 쉽지 않음을 깨달았다. 쉽지 않은 것이 아니라 거의 불가능하다는 것을 예감했는데 그 예감은 몇 발자국 앞에서 현실로 나타났다.

길은 포클레인으로 파헤쳐져서 더 이상 나아갈 수가 없었다. 붉은 황토가 드러난 길에 자갈을 퍼 내리고 있는 포클레인에서 귀를 가득 메우는 소음이 쏟아져 나왔다.

"산노리를 가려면 어디로 가야 합니까?"

"잘못 들어오셨소. 산노리는 반대쪽으로 돌아가야지요."

반나절이나 헛수고했다는 생각에 짜증이 확 몰려왔다.

"이쪽으로는 길이 안 이어집니까?"

인부들은 말대꾸하기 싫다는 듯 돌이 깔린 땅을 다지기 시작했다. 나는 공사 현장을 지나쳐 조금 더 걸었다. 길은 아스팔트가 깔린 사차선 도로와 이어져 있었다. 그 길로 쭉 나간다면 저수지를 다시 만날 일은 없을 것 같았다. 온 길을 되짚어 트럭이 세워진 곳까지 내려왔다. 되돌아가는 가는 길은 들은 바가 없고 노인네는 수문을 지나 오른쪽으로 난 길을 죽 따라가면 산노리로 이어진다고만 했다.

*

　작년 봄, 노인네는 저승 문턱에 다녀왔다. 지병이었던 위장병이 도져 일주일간 곡기를 잃었는데 그 뒤에 바로 치매기가 왔다. 누가 잡으러 온다고 고래고래 소리를 지르는가 하면 주사바늘을 뽑고 병원 창문으로 뛰어내리려고 했다. 사물함의 물건을 지킨다고 밤새 그 앞에 웅크리고 앉아 있다가 병실 사람들을 놀라게 하고 실수한 환자복을 벗지 않겠다고 난동을 부리다가 강제로 옷이 벗겨지는 수모를 당하기도 했다. 정신이 돌아온 이후에는 아무것도 기억하지 못했는데 아들의 입을 통해 듣는 것도 기가 막힌 모양이었다. 고개를 푹 꺾고 도무지 믿으려 하지 않았다. 지레 놀란 것은 노인네를 모시고 있던 나였다. 노인네들은 밤새 안녕이라더니 꼭 그 짝이었다. 당장에라도 묏자리를 구해놔야 마음이 놓일 것 같았다.

　그날 저녁, 밥을 먹다가 조심스레 묏자리 이야기를 꺼내자 노인네가 벌컥 역정을 냈다. 노인네의 심기를 불편하게 한 것 같아 입을 다물었다. 그런데 일이 되려고 그랬는지 얼마 후에 좋은 매물이 나타났다. 마을 회관 공사를 맡아 공사 중이었는데 마을 야산에 이백 평 정도의 땅이 급매로 나온 것이다. 땅을 계약하던 날, 절친한 마을 후배를 불러 술을 마셨다. 세무사를 하고 있는 녀석은 공사와 관련된 크고 작은 일들에 도움을 주고 있었다.

"너, 우리 아버지하고 나하고 어떤 사이인지 알지?"

후배는 어려서부터 어울리던 일명 '깨복장구'여서 우리 집안 내력을
다 꿰고 있었다.

"알죠, 형님이 아저씨 다리를 꽉 물고 태어났다면서요? 흐흐."

노인네는 틈만 나면, 아니 심사가 뒤틀리면 태몽을 끄집어냈다. 호랑
이 새끼가 노인네 장딴지를 물고 놔주지 않는 꿈을 꾸고 나를 낳았다는
것인데 도무지 수긍할 수 없었다. 그런 꿈을 태몽이라고 우기는 것은
물론이거니와 어디까지나 당신이 꾼 거지 나와는 아무 상관없는 일이
기 때문이었다. 의도하지 않은 꿈속의 일까지도 책임져야 한다면 이 얼
마나 억울한 일인가. 노인네가 매사를 태몽과 엮을 때면 번쩍 들어 패
대기라도 치고 싶은 고약한 마음이 들었다.

"야, 우리 아버지 묏자리 봐 놨다. 이제 아버지 설득할 일만 남았다."

노인네는 공동산에 묻힌 어머니 이야기를 늘 입에 올렸다. 죽은 후
에라도 함께 있고 싶다는 소망을 내비치기도 했다. 그러나 객지에 살고
있는 두 형은 들을 때만 주억거릴 뿐 꿩 꿔먹은 소식이었다. 무리는 했
지만 온전히 제 돈을 들여 산을 장만했으니 오늘은 노인네 앞에서 큰소
리 한번 치자는 호기가 꿈틀거렸다. 거기에 생각이 미치자 갑자기 술발
이 당기기 시작했다. 그날은 인사불성으로 마셨다.

문제는 다음 날 아침에 터졌다.

"뭐 감지덕지하라구? 너 이눔, 누가 내 허락 없이 묏자리를 얻으라더냐. 니가 묻힐 땅이여? 내가 묻힐 땅이지."

기가 막혀 말이 나오질 않았다. 이건 물에 빠진 사람 건져놓으니 보따리 내놓으라는 격이었다.

"아버지, 억지 좀 그만 쓰세요. 산노린지 들노린지 저수지에 있는 산이라고 했죠? 어느 후손이 산꼭대기에 있는 묏자리를 좋아한답니까? 찾아가기 쉬워야 한 번이라도 더 가는 것이죠."

시작부터 핏대를 세울 생각은 아니어서 부드럽게 응대했다. 그러나 노인네는 그 기회를 놓치지 않았다.

"이런 베라먹을 눔, 니들 편하자고 있는 게 묏자리여? 물이 나든 그늘이 지든 아무 데나 누워 있어라 이거여? 나는 그렇게 못허니께 그 땅 물러라."

정말 미치고 팔짝 뛸 노릇이었다.

"맘대로 하세요. 언제 아버지가 제 일에 쌍수 들어 환영한 일 있습니까? 공동산에 묻히든 논밭에 묻히든 신경 쓰지 않을 테니 알아서 하세요!"

노인네의 눈이 희번덕이는 것을 보며 대문을 박차고 나왔다. 노인네의 말이 적중한 부분도 있었다. 그러나 나무 그늘이 지기는 했지만 물이 나올 만한 곳은 아니었다. 나무는 뽑아내고 뿌리는 포클레인으로 걷어내고 흙을 다져놓으면 문제될 게 없었다. 그날부터 노인네와의 팽팽한 힘겨루기가 시작되었다.

공사를 마무리 짓느라 동분서주하던 날, 아들 정우를 트럭에 태우고 마을 회관 공사현장에 갔다. 녀석은 대학 입시에 실패하고 재수를 하고 있었다. 말이 재수지 학원에 가서 뭘 하는지 알 도리가 없었다. 서너 달 뒤면 수능인데 집에서 책 한 권 들여다보는 것을 보지 못했다. 오늘도 학원이 쉬는 날이라고 배 깔고 엎드려 휴대폰만 만지작거리기에 울화통이 치밀어 녀석을 끌고 나왔다.

녀석에게 콘크리트 작업을 도우라고 지시했다. 건물 바닥에 콘크리트를 쏟아붓는 작업이었다. 콘크리트가 쏟아져내리는 펌프 카의 기다란 관을 붙잡고 있는 녀석의 비쩍 마른 몸이 이리저리 휘둘렸다.

"꽉 붙잡아. 콘크리트가 어먼대로 튀잖아. 인마!"

맘과는 달리 말이 본새 없이 나갔다. 이럴 때는 누가 봐도 영락없는 노인네였다.

하나밖에 없는 아들 정우는 공부에 관심이 없었다. 약하게 태어나서 병을 달고 살았던 탓에 학교에 결석하지 않는 것만으로도 고마워해야 했다. 초등학교 저학년까지는 제 어미가 있어서 그나마 소위 가정교육이라는 것이 잘 이루어졌다. 그런데 목돈을 만져보려고 외국에 건설 노동자로 나간 것이 화근이었다. 이 년 동안 알뜰히 돈을 부쳤는데 정우 엄마가 돈놀이를 하다가 몽땅 날려버렸다. 정우 엄마 멱살을 잡아 흔들기도 하고 술도 퍼마셨지만 사기당한 돈이 돌아올 리 없었다. 노인네는 집안 말아 먹은 년이라며 이혼을 종용했다. 정우 엄마한테 돈을 맡겼던 피해자들의 전화가 빗발치자 노인네는 머리를 싸매고 드러누웠다. 어쩔 수 없이 이혼서류에 도장을 찍고 몇 년만 기다리라며 정우 엄마를 달래 친정으로 내려보냈다. 정우 엄마는 눈물을 떨구며 가방을 쌌다. 기약했던 차후는 오지 않았다. 몇 년을 소원하게 지내는 동안 마음마저 멀어진 것이다. 그 사이 정우가 누구의 간섭도 받지 않고 자유롭게 도벽을 익혔다는 것을 나중에야 알았다.

콘크리트 작업을 끝내고 나니 저녁 해가 기울기 시작했다. 세 명의 인부를 트럭에 태워보내고 정우와 함께 평소 잘 가는 고깃집으로 차를 몰았다. 오랜만에 저녁이라도 잘 먹이고 싶어서였다. 한참 먹어야 할 나이인 초등학교 시절에 제대로 먹지 못하고 오락실로, 피시방으로 밖으로만 나돈 녀석이라 살집이 없었다. 생삼겹 사인분을 시키고 고기를 굽는데 녀석은 휴대폰으로 연신 문자를 보냈다. 녀석이 무슨 생각을 하고 사는지 궁금하여 언젠가 녀석의 휴대폰을 몰래 들여다본 적이 있었다. 녀석의 휴대폰은 굳게 닫힌 입처럼 비밀번호로 묶여 있었다.

"밥상 앞에서는 딴짓거리 말고 밥이나 먹기나 혀."

끓어오르는 부아를 지그시 누르며 인자한 아버지 목소리를 흉내 냈다. 역정만 내는 노인네를 닮고 싶지 않았다. 녀석은 젓가락으로 삼겹살 하나를 집어 올려 기름을 탈탈 털더니 된장에 쿡 찍은 후 바로 입속으로 집어넣었다. 상추에 고기를 두서너 점 올리고 된장과 파채와 마늘을 올려서 먹음직스럽게 싸 먹으면 좋으련만. 녀석은 여전히 문자 보내기에 여념이 없었다. 도영이에게 보내는 문자일 거라 생각하자 악몽 같은 기억들이 부글부글 수면 위로 떠올랐다. 도영이는 정우에게 자동차 터는 기술을 전수한 놈인데 소년원을 들락거리다 얼마 전 풀려나왔다.

"도영이 그 자식이냐? 너 행여나 그 자식 만나지 마라. 시험 잘 쳐서 대학 갈 궁리나 해."

"대학이 뉘 집 개 이름인가? 자신 없어."

소 잡아먹은 귀신처럼 말없이 문자만 보내고 있던 녀석이 고개도 안 들고 툭 내뱉었다.

"뭐여? 학원은 폼으로 다녀? 이번에도 떨어지면 공사판이나 따라다녀!"

녀석이 고개를 쳐들고 그를 꼬나봤다. 두 눈이 마주쳐 불꽃이 튀었다.

"아빠처럼 노가다는 안 해."

"그럼 니가 대학도 안 가고 뭐 해 먹고 살 건데?"

"서울 가서 이모네 가게 일을 돕든지, 편의점 알바라도 하든지……."

"시끄러워, 이 자식아. 그게 날품팔이지 직업이냐? 노가다하고 뭐가 다른데!"

화가 머리끝까지 치솟았다. 식당만 아니라면 귀퉁배기를 올려붙이고 싶었다. 식식대고 있는데 녀석은 휴대폰에 눈을 주고 한쪽 다리를 달달 떨었다. 나는 손을 뻗어 정우의 허벅지를 탁 때렸다. 녀석은 다리 떨기를 멈추더니 이번에는 바지를 걷어 부치고 득득 긁기 시작했다. 종아리의 붉은 흉터가 고스란히 드러났다. 나는 가슴이 뜨끔하여 멋쩍게 반찬을 집어 들었다.

하나밖에 없는 자식이 이리될 줄은 꿈에도 몰랐다. 녀석은 초등학교 오학년 때부터 아파트 주차장이나 무료 주차장에 주차된 차를 털러 다녔다. 운 좋게 걸리지 않는 경우도 많았지만 어쩌다 한 번씩 걸리는 날에는 몇 건이 줄줄이 딸려 나왔다. 돈을 잃었다는 사람들이 떼로 몰려왔다. 그러나 훔친 돈의 행방이 묘연했다. 녀석은 하도 여러 곳에 묻어 두어 기억이 잘 안 난다고 했다. 나는 기가 막혀 냅다 소리를 질렀다. 니가 다람쥐 새끼냐?

정우의 도벽은 나아지지 않았다. 엄마의 부재로 생긴 애정결핍이 돈을 훔쳐 꼭꼭 숨겨두는 이상 행동으로 발전한 것으로 보였다. 이대로는 안 되겠다는 생각에 정우 엄마를 다시 불러들인 것이 중학교 이학년 때였다. 정우가 간덩이 크게도 동네에서 차를 털다 현장에서 붙잡혔기 때문이다. 마침 아는 사람의 차여서 손이 발이 되도록 빌고 너 죽고 나 죽자는 각오로 녀석을 족쳐 그동안 훔친 돈을 어디에 두었는지 추궁했다. 녀석의 버릇을 송두리째 뽑아버릴 요량이었다. 녀석은 매가 무서웠는지 순순히 마을 뒷산으로 향했다.

녀석이 묻어놓은 돈이 처음 발견된 곳은 마을 뒷산으로 오르는 소로에서 살짝 비껴난 바위 밑이었다. 땅속에는 자그마치 이십만 원이나 되는 돈이 비닐에 둘둘 싸여 묻혀 있었다. 열 발짝 떨어진 소나무 밑에 십만 원, 한참을 기웃거리더니 마침내 결정한 듯 운동화 끝으로 파헤친 묘비 밑에 오만 원, 정말 다람쥐 새끼처럼 많이도 묻어 두었다. 기가 찰 노릇이었다. 돈을 한곳에 모아 녀석의 눈앞에서 보란 듯이 불을 붙이는데 녀석이 반성은커녕 따라 온 개와 짓까불며 놀고 있었다. 나는 홧김에 불붙은 돈다발을 녀석에게 홱 집어 던졌다. 신발위에 떨어진 돈다발은 합성소재의 바지에 옮겨 붙어 순식간에 화르르 불타올랐다. 펄쩍펄쩍 뛰는 녀석에게 달려들어 바지의 불을 껐지만 바짝 오그라진 바지가 종아리에 달라붙은 뒤였다. 병원에서 치료를 받는 동안 고통스러워하는 녀석을 보며 고개를 들 수 없었다. 이유야 어찌됐건 자식에게 고의로 화상을 입힌 아비인 것만은 분명했기 때문이다.

녀석은 우툴두툴한 흉터가 벌게지도록 긁었다. 땀을 많이 흘린 날이면 가려움이 더 심해지는 것 같았다.

"그만 긁어, 피 나겠다."

어쩐 일인지 녀석이 순한 양처럼 긁던 손을 멈추었다. 그 모습에 가슴이 짠해왔다. 아들과 고기를 먹는 내내 가장 가까운 부자지간이 가장 무서운 천적이 될 수도 있다는 생각을 피할 수 없었다.

나는 지방도를 펼쳐놓고 빨간 사인펜을 꺼내왔다. 세 군데에 커다랗게 점을 찍었다. 산노리와 이미 사놓은 야산, 그리고 우리 동네에 점을 찍었다. 나는 지도를 들고 노인네의 방에 들어갔다.

"아버지, 여기가 산노리고 여기가 제가 사놓은 땅이에요. 보셔요, 어디가 가까운가."

노인네는 전동오토바이가 종류별로 나와 있는 광고지를 보고 있었다.

"누가 그러든? 거기가 가깝다고."

"이렇게 지도에 나와 있잖아요."

나는 노인네가 볼 수 있게 지도를 펼쳐 보였다. 노인네는 지도에 눈도 주지 않고 말했다.

"그래서, 니가 묻힐 자리여? 내 맘에 들면 그만이지 니가 무슨 상관이여!"

"아버지, 제발 고집 좀 그만 부리셔요. 땅을 사놨다는데도 굳이 찾아가기도 힘든 곳으로 가시겠다는 이유가 뭐냐구요?"

"거기가, 저수지가 한눈에 내려다뵈는 명당자리여."

"명당은 무슨 명당이요? 그게 다 땅 장사들이 하는 말이지, 명당은 마음속에 있다잖아요."

노인네가 고함을 빽 질렀다.

"살아서 못 누린 호사, 죽어서 좀 누리겠다는데 그게 그렇게 싫냐!"

도무지 말이 통하지 않았다. 살아서 못 누린 호사 부분에서는 거품이라도 물고 싶었다. 승산 없는 입씨름으로 기운을 빼느니 술이나 한 잔 걸치고 자는 편이 정신 건강에 좋을 듯했다. 노인네처럼 그 역시 심장이 튼튼하지 못했다. 깨끗이 패배를 인정하고 일어서는데 기세등등한 노인네의 말이 내 발목을 잡았다.

"참, 전동오토바이 하나 살 거니께 삼십만 원만 보태라."

나는 뒤통수를 한 대 얻어맞은 것처럼 놀라 말까지 더듬거렸다.

"전동…… 오토바이요?"

전동오토바이를 타고 다니던 노인들이 전복 사고로 다친 것을 여러 차례 들었던 나는 기겁을 하며 물었다.

"왜 또 이번에는 내 발을 묶을 참이냐? 요즘은 허리가 아퍼서 열 발짝도 못 걷는다. 누가 그러는디 그걸 타면 시내도 휘딱 갔다 온다더라. 잔말 말고 삼십만 원만 보태."

노인네는 일사천리로 말하고 텔레비전의 볼륨을 높였다. 나는 벌어진 입을 다물지 못했다. 혹 떼려다 혹 붙인 꼴이 되어 노인네의 방을 나왔다. 방문을 닫자 텔레비전에서 흘러나오는 백마강 달밤의 물새 우는 소리가 귀에 날아와 꽂혔다. 지겹지도 않은지 허구한 날 저 가요무대 프로그램이었다.

식식대며 안방으로 건너오자 정우 엄마가 화장을 지우다 말고 얼굴에 크림을 잔뜩 묻힌 채 돌아보았다.

"당신, 정우에게 뭐라고 한 거야?"

나는 노인네에 대한 감정을 정우 엄마에게 퍼부었다.

"대학에 관심 없다고 하길래……."

알로엔지 뭔지 알싸한 향이 코끝에 감겼다.

"그래서 처제 집에서 심부름이나 하라고 그랬어? 정우가 평생 알바만 하면 좋겠냐고!"

"그게 아니라……."

정우 엄마가 죄지은 사람처럼 고개를 푹 꺾었다.

참으로 불가사의한 일은 소심한 성격의 그녀가 어떻게 남편이 번 돈으로 사채놀이를 하겠다고 덤벼들었는지 알 수 없다는 것이다. 한 번도 남자 문제는 따져 묻지 않았지만 분명 순진한 정우 엄마를 꼬드긴 놈이 있었을 것이다. 정우 엄마는 인물은 그리 곱지 않으나 피부가 대리석처럼 반지르르했다. 그동안 여자를 몇 명 만나보았지만 정우 엄마만 한 여자가 없었다. 그런 아내가 돌아왔지만 예전처럼 마음이 동하지 않았다. 세월 속에서 감정도 육체도 쇠해버린 탓이었다. 나는 아내의 화장품 그릇을 발로 밀어붙이며 퉁명스럽게 내뱉었다.

"집어치우고 냉장고에서 소주나 한 병 꺼내와."

결론부터 말하자면 전동오토바이를 사고자 하는 노인네는 뜻을 이루지 못했다. 이백사십만 원이나 되는 큰돈을 이불 밑에다 둔 것이 노인네의 결정적인 실수였다. 돈 냄새를 기가 막히게 잘 맡는 손자와 한 지붕 아래 살고 있다는 사실을 망각하다니 실수도 그런 실수가 없었다.

한밤중 노인네가 배가 뒤틀린다고 집이 떠나갈 듯 소리를 지르기 시작했다. 어디에서 그런 힘이 나오는지 알 수 없었다. 노인네를 모시고 응급실을 찾는 횟수가 잦다 보니 긴 병에 효자 없다고 아프다면 짜증부터 솟았다. 죽는다고 소리를 질러대는 노인네를 태우고 부랴부랴 병원에 가니 관장을 시키라고 했다. 매일 챙겨 먹어야 하는 변비약을 며칠째 빠뜨린 모양이었다. 이유를 물으니 누가 변비약을 계속 먹으면 미주알이 열린다고 했다는 것이었다. 귀까지 얇은 노인네라는 욕이 목을 치받고 올라왔다. 눈살을 찌푸리는 당직 의사와 함께 커튼을 치고 관장을 했다. 얼마나 단단히 뭉쳤는지 손가락으로 돌덩이 같은 것을 여러 개나 파냈다. 노인네는 소리를 지르다 기진맥진해서 식은땀만 줄줄 흘렸다. 새벽에 노인네를 모시고 집으로 돌아와 보니 정우 녀석이 연기처럼 사라지고 없었다.

"아니, 아버지. 정우를 한두 번 겪어 봐요? 그 큰돈을 자리 밑에 넣어 두시면 어떡해요? 저는 모릅니다. 전동오토바이를 못 사셔도 제 책임은 아닙니다."

나는 너무 통쾌해서 웃음이 샐까 봐 표정 관리를 해야 했다. 도리에 앞서 돈의 유혹이 컸던 탓이라고 정우를 이해하는 마음까지 들었다. 그만큼 전동오토바이를 산다는 계획이 못마땅했다. 행여나 오토바이가 뒤집혀 사고라도 난다면 그날부터 내 인생은 종지기 신세가 되는 것이었다. 노인네는 본인이 결정한 일임에도 그걸 사게 내버려 두었다고 원망을 해댈 것이고 나와 정우 엄마는 병원에 매달려 있어야 할 터였다. 온 집안이 노인네 하나에 매달리게 될 것은 불을 보듯 빤한 일이었다. 정우 녀석이 할아버지 돈에까지 손을 댔다는 사실에 배신감보다 고마움이 느껴졌다. 녀석의 행방은 궁금하지 않았다. 어차피 돈이 떨어지면 기어들어올 녀석이었다. 그때 요절을 낼 참이었다.

"여보, 아버님이 이상해요."

늦은 아침을 먹고 출근한 현장에서 정우 엄마 전화를 받았다. 노인네가 종일 방문을 닫아걸고 있다고 했다. 진지 드시라 해도 대꾸를 않고 쥐 죽은 듯 고요하다고 한숨을 푹 쉬었다. 미장을 바르고 있던 나는 귀찮은 마음에 빨리 전화를 끊으라며 언성을 높였다.

"그깟 일로 전화질이여? 전동오토바이를 못 사게 돼서 그러는 거지. 한두 끼 굶는다고 뭔 일 안 생기니까 걱정 붙들어 매!"

내심 걱정이 되긴 했다. 그러나 오토바이를 사는 것보다 더 나쁜 상황은 없을 거라 생각했다. 사라진 정우를 찾아 대령하라고 불호령하는 일이나 분을 못 이겨 가재도구를 때려 엎는 일이나 몇 끼를 굶는 단식투쟁 같은 것은 오래가지 않는다. 먹고 살자고 하는 일인데 당신 몸을 끔찍이 여기는 노인네가 그런 데에 에너지를 소비할 리 만무했다.

그러나 집에 들어선 순간, 오토바이를 사지 않은 것보다 더 나쁜 상황이 벌어졌다는 것을 알았다. 구린내가 온 집 안에 진동하고 있었다.

"이게 무슨 냄새야?"

나는 코를 틀어쥐며 정우 엄마에게 물었다.

"글쎄, 아버님 방에서 나는 냄샌데 도통 문을 열어야 말이죠."

일이 크게 벌어진 것임에 틀림없었다. 지난봄의 악몽이 떠올랐다. 잠시 정신줄을 놓았던 아버지가 휘두른 지팡이에 맞아 멍이 들었던 어깻죽지가 얼얼해오는 느낌이었다. 부엌칼을 문틈 사이에 끼우고 손잡이를 돌려 방문을 열어보니 노인네가 우두커니 앉아 검은 브라운관을 바라보고 있었다. 아무 장면도 아무 소리도 나오지 않는 텔레비전 앞에서 빙긋이 웃고 있는 노인네를 보자 올 것이 왔구나 싶었다. 냄새가 진동하는 바지를 벗겨보니 간밤에 심하게 관장을 한 탓인지 미주알이 열려 있었다. 노인네가 천진하게 웃었다.

"애비야, 밥은 먹었냐?"

노인네를 목욕탕에 옮겨 샤워기로 오물을 씻어냈다. 작년처럼 지나가는 치매라 해도 이런 일이 자주 일어난다는 것은 좋은 징조가 아니었다. 서서히 진행되는 암의 전이처럼 치매도 한순간에 오는 것이 아니기 때문이다. 기억을 완전히 잃어버리는 날에는 부자간의 애증마저도 풀길 없이 사라져버릴 것이었다. 비누거품을 묻혀 노인네의 몸을 벅벅 문지르는데 부연 김 속에서 틀니 빠진 입으로 노인네가 웃고 있었다. 뺨이 잘 익은 복숭아 같았다.

"이제 고만 하고 옷 벗어라. 다 젖어버렸구나."

한 번도 들어 본 적 없는 다정한 목소리였다. 치매 증상이 여러 가지라는 말을 들은 기억이 났다. 제정신이 아닌 노인네 말에 따르는 것도 우스운 일이다 싶어 망설이고 있는데 노인네가 물을 뿌리기 시작했다.

물세례를 받으며 어차피 씻기느라 젖어 있던 옷을 하나씩 벗어 던졌다. 나는 바닥에 앉고 노인네는 선 자세가 되었다. 노인네가 샴푸를 꾹꾹 눌러 짜더니 내 머리에 발랐다.

"내가 먹고 사는 게 바빠서 너를 한 번도 씻겨주지 못했구나."

노인네가 머릿속에 손톱을 세워 넣고 시원하게 긁어주었다. 예상치 못한 상황이었지만 그리 나쁘지는 않았다. 평생 한 번 있을까 말까 한 일이 벌어지고 있었다. 두 형들조차도 아버지와 이렇게 오붓한 시간을 가져보지 못했을 것이다. 언제나 잘나서 아버지의 자랑이었던 두 형들의 모습이 뜨거운 훈김 속으로 사라졌다. 굽은 소나무가 선산 지킨다고, 객지에 나가 저 살기 바쁜 형들이 다 무슨 소용이란 말인가. 나는 어리광쟁이라도 된 듯 용기를 내어 노인네에게 물었다.

"아버지, 제가 아버지 장딴지를 물고 태어나서 미우신 거죠?"

노인네가 합죽한 입으로 웃었다.

"내가 너를 왜 미워하냐. 너, 정우가 도둑질한다고 믿더냐. 그냥 니가 태어나고 집안 일이 꼬이니께 고여니 너한테 화풀이한 거지. 열 손가락 물어봐라. 다 똑같이 아픈 건 아니지만 아픈 건 매한가지 아니냐."

노인네가 이렇게 찬찬히 당신 생각을 피력할 때도 있다니. 그런데 나는 노인네의 말에서 진심을 읽고 말았다. 열 손가락 깨물어 다 똑같이 아픈 건 아니라고? 아무렴, 두 형들이 더 아프겠지. 나는 심통이 나서 노인네의 손에서 샤워기를 빼앗았다. 샴푸가 얼굴로 쏟아져내려 눈이 따끔거렸다. 나는 얼른 눈에 흐르는 비눗물을 씻어냈다.

*

나는 트럭을 몰고 되짚어서 나오다가 길이 갈라지는 곳에서 좌회전을 했다. 길은 대부둑으로 이어져 있었다. 대부둑을 따라 십여 분을 달리자 둑 아래쪽으로 내리막길이 나타났다. 내리막길 아래에는 저수지에서 내려온 지류가 흐르고 있었고 작은 천을 가로질러 아호리 다리가 놓여 있었다. 다리 앞에 산노리라는 이정표가 작은 나무 팻말에 적혀 있었다. 인부의 말이 틀리지 않았다.

다리를 건너 비닐하우스가 즐비한 마을을 지나 저수지와 인접한 산으로 차를 몰았다. 산의 초입에 세워진 석조물을 보니 그곳이 산노리였다. 제대로 찾긴 찾은 듯싶었다. 길가에는 강태공들의 차가 빼곡히 주차되어 있었다. 땅 주인 김 모라는 사람의 말을 더듬어 왼쪽으로 난 길로 달리니 버스정류장이 나타났다. 버스정류장에서 올라가라던 말이 기억났다. 나는 차를 세우고 산을 오르기 시작했다.

정우가 수능을 치른 뒤 나는 노인네를 치매 전문 병원에 모셨다. 기억을 상실한 노인네는 금세 애기가 되거나 대꼬챙이처럼 날카로워지거나 걸신들린 사람이 되었다. 처음에는 현실과 꿈을 공평하게 오가더니 나중에는 아예 꿈속에 주저앉았다. 몸은 다 늙어빠진 노인이었지만 기억은 일고여덟 살에 머물러 있었다. 아마도 그때가 가장 행복한 시절이었던 듯싶었다. 노인네는 병원에서 육 개월을 살다 어머니 곁으로 갔다. 치매보다는 지병인 협심증이 문제였다. 나는 노인네를 어머니와 나란히 양지바른 곳에 모셨다. 나무를 베어내고 잔디를 심고 영산홍을 몇 그루 옮겨 심었다.

낯선 번호로부터 전화가 걸려온 것은 장례가 끝나고 두어 달이 지난 뒤였다.

"강대붕 씨 집입니까? 잔금을 치른다고 한 게 언제 적인데, 소식이 없어서 전화 드렸습니다."

"무슨 말씀이진지……."

"아, 강대붕 씨가 가묘를 써야 한다고 계약만 덜컥 해놓고 오도가도 않으니까 답답해서 하는 소리지요."

"죄송하지만 아버님 장례를 치른 지 몇 달 됐습니다. 그냥 없던 일로 해야 될 것 같습니다."

김 모라는 사람은 계약금조로 십 퍼센트를 받고 잔금 치를 때 정식으로 서류를 작성하기로 했다고 말했다. 다행히 서면 계약이 아니었다. 계약을 위반한 경우 두 배로 배상하는 게 원칙이나 정식 계약이 아니었

126

<u>으로</u> 분쟁에 휘말릴 사안은 아니었다. 그래도 노인네가 계약금으로 얼마나 날렸는지 궁금하기는 했다.

"그게 이 년 전인가, 삼십만 원 받았지요."

큰돈이 아니어서 다행이다 싶었다. 나는 피차 조금씩 손해 보는 선에서 마무리 짓자며 서둘러 전화를 끊었다.

전화를 끊고 나서도 가묘를 찾아볼 생각은 하지 못했다. 노인네가 지불했다는 계약금을 환기하게 된 것은 노인네 방을 도배하려고 짐을 들어내다가 통장을 발견한 뒤였다. 통장에는 얼마 안 되는 노인 연금이 차곡차곡 쌓이다가 어느 날 한꺼번에 인출된 기록이 남아 있었다. 총 이백사십만 원이었다. 나는 이불 밑의 돈이 노인네가 나 몰래 형들을 구슬려서 받아낸 거라고 딱 믿고 있었다. 그런데 그 돈은 노인네가 마을회관에도 가지 않고 가요무대만 보며 모은 돈이었다. 땅값은 삼백만 원이고 잔금은 이백칠십만 원이었다. 노인네가 내게 달라고 했던 삼십만 원을 보태면 딱 이백칠십이었다. 노인네가 내게 달라고 했던 삼십만 원이 떠올랐다. 그 돈은 오토바이를 산다고 속이면서까지 사두고자 했던 묏자리의 잔금이었다. 나는 노인네가 왜 기를 쓰고 거기에 묻히려 했는지 궁금했다. 치매가 아니었다면 그 고집으로 잔금을 치르고 지금쯤 거기에 묻혔을 거라는 생각이 나를 저수지로 이끌었다.

길을 버리고 산길을 걷기 시작한 지 이십여 분이 지나자 저수지가 한

눈에 내려다보였다. 맑고 푸른 담수가 명경처럼 산 그림자를 비추고 있었다. 호수 가장자리에 드문드문 뿌리를 내린 왕버들이 운치를 더했다. 노인네가 탐낼만한 장소라는 생각이 들었다. 죽어서라도 매일 해돋이와 해넘이를 볼 수 있다면 그런 호사도 없을 것이었다.

나는 조금 더 올라갔다. 시야가 탁 트인 곳에 오르니 조경이 잘 된 무덤이 넓은 자리를 차지하고 있었다. 무덤은 일반적인 봉분보다 두세 배쯤 컸고 무덤 앞에 상석이 햇살을 받아 반짝이고 있었다. 망주석과 석등까지 재대로 갖춘 무덤이었다. 비석을 보니 '김해김공묘'라고 적혀 있었다. 김 모 씨라는 사람의 조상이 분명했다.

나는 무덤가에 질서정연하게 심어진 황금측백나무를 지나쳐서 소나무 그늘 밑으로 들어갔다. 그곳은 수풀이 우거져 걷기가 힘들었다. 주변을 더 돌아보았다. 근방에 가묘 자리는커녕 봉분이라고는 눈을 씻고 찾아도 보이지 않았다. 조금 더 들어가자 완만한 돌무더기가 하나 보였다. 앉기에는 맞춤이었다. 나는 돌무더기 위에 앉아 다리쉼을 했다. 앞에 놓인 소나무 두 그루 사이로 저수지가 하나 가득 내려다보였다. 물 위에는 방갈로가 한가로이 떠 다녔다. 아버지는 젊어서 저수지 윗동네로 샘을 파러 다녔다. 그때부터 경치 좋은 저수지에 묏자리를 쓰고 싶었던 걸까.

인기척에 고개를 드니 머리가 하얗게 세고 허리가 구부정한 남자가 작업복과 긴 장화 차림으로 올라오고 있었다.

"누구시더라?"

나는 엉거주춤 일어나 남자에게 고개를 숙였다.

"여기 사시나 보죠? 뭐 좀 여쭤볼 게 있는데요."

"어디 물어보슈. 요 옆이 우리 밭이니께."

"혹시, 여기에 가묘가 있나 해서요?"

"등잔 밑이 어둡다더니 임자가 앉은 자리가 가묘 자리요. 강 뭐라는 사람이 쓴 건데."

"제가 제대로 찾았네요. 강 대자 붕자 쓰시는 분이 제 아버집니다."

"그러시구만. 참, 고집고집 그런 고집이 없습디다. 막무가내로 여기에 묘를 쓰겠다고 해서 내가 땅 임자한테 연락해서 만나게 해줬지요."

나는 노인네가 고작 이런 볼품없는 돌무더기 자리를 얻으려 했다는 사실이 기가 막혔다. 자식이 번듯한 땅을 알아본다는데 동네방네 이 무슨 창피란 말인가.

"여기가 이래 뵈도 명당은 명당이지요."

나는 찡그렸던 눈을 크게 뜨고 남자를 바라보았다.

"여기가 말입니까?"

남자가 느릿느릿 말을 이어갔다.

"저 멀리 앞을 보슈. 저수지 너머로 산이 첩첩이 싸여 있지 않소? 그중 봉우리가 뾰족한 것이 있는가 찾아보슈. 하나도 없지 않소? 뾰족한 봉우리가 앞산을 넘겨다보면 자손 중에 도둑이 많이 생긴다고 하지요. 이렇게 물이 있고 그 물 건너 있는 산이 저렇게 다정하게 감싸고 있으면 자손이 번성하고 잘 된답니다. 근데 그 양반 성미도 급하지. 그새 가셨다는 말씀 들었소. 그리 자손을 생각하더니만……."

　　나는 멀어지는 남자의 뒷모습을 망연자실 바라보았다. 가까이에서 멀리에서 뻐꾸기가 울었다. 산을 내려오는 발목이 자꾸만 접질렸다.

칼랑코에

따뜻한 공기가 차갑게 얼어붙은 그의 살갗과 잠든 뇌를 일깨웠다. 눈꺼풀 위에 은은한 빛이 내려앉아 있었다. 그는 호흡을 처음 배우는 갓난아기처럼 조심스레 공기를 들이마셨다. 심장이 신선한 피를 온몸으로 내보내기 시작했다. 피돌기를 따라 감각이 서서히 되살아나고 있었다. 눅눅하고 퀴퀴한 곰팡이 냄새, 매캐한 먼지 냄새, 어렴풋하게 달걀 썩는 냄새가 맡아졌다.

그는 힘겹게 눈꺼풀을 들어올렸다. 환한 빛다발이 눈을 찔렀다. 빙초산이라도 들이부은 듯 눈이 시고 따가웠다. 눈을 감고 눈물이 흘러내리도록 내버려두었다. 고요하고 적막한 시간이 흘러갔다. 망막이 눈물로 충분히 젖은 다음에야 그는 눈을 떴다. 빛은 장방형의 천장 윗부분 모서리 끝에서 쏟아져 들어오고 있었다. 그는 천천히 상체를 일으켜 실험

케이스의 뚜껑을 열었다. 모든 것이 잠들기 전 그대로였다. 그가 깨어난 곳은 연구소 지하의 구석진 방이었다. 그는 벽에 설치된 텅 빈 사육 케이스를 바라보다가 두 손으로 얼굴을 감쌌다. 기쁘고도 슬픈 복잡한 기분이 밀려왔다.

그가 십 년 동안 몸담고 있던 생명공학연구소는 실험쥐들이 인근의 주택에 출몰한다는 집단 민원으로 폐쇄되었다. 지하실의 가장 안쪽 연구실에는 실험용 쥐 사육 케이스가 있었다. 그곳은 이미 쓸모를 다했을 뿐더러 바이러스의 온상이었다. 인근 주택에 사는 아이들의 원인모를 피부병이 언론을 뜨겁게 달구고 있었다. 개봉하면 공기와 만나 무섭게 번식하는 호기성 세균을 차단하기 위해 지하실은 봉쇄되었다. 연구소는 변두리에 외따로 떨어진 낡은 건물을 버리고 신도시로 이전했다. 연구소 이전이 끝나자 철거 명령이 떨어졌다. 낮은 단층의 연구동 여러 개와 그에 딸린 지하 연구실은 보름 만에 철거되었다. 인부들이 철근도막 하나까지 모두 수거해 간 뒤 그는 몰래 연구소에 숨어들었다. 지하 연구실의 실내는 열 평 정도로 비교적 넓었고 땅속에 묻혀 있어 지상의 건물에 비해 원형이 잘 보존되어 있었다. 긴 여행을 떠나기에는 안성맞춤이었다.

어디선가 신선한 공기가 스며들었다. 그는 공기를 차단하기 위해 공업용 실리콘으로 문과 벽의 모서리를 빈틈없이 채웠다. 그러나 오랜 가뭄으로 땅이 갈라지며 지하연구실의 콘크리트 벽이 대기 중에 노출되었을 것이다. 벽이 맞닿은 모서리 틈새가 베인 상처처럼 쩍 벌어져 있었다. 방 안을 가득 채웠던 황화수소는 어디론가 빠져나가고 없었다. 벽에 균열이 생긴 시점이 얼마 되지 않았는지 내부는 비교적 깨끗했다. 그는 얼굴을 더듬어보았다. 미온이 느껴졌다. 36.5도의 체온과 미약하나마 펌프질을 시작한 심장까지, 기적처럼 그는 다시 살아났다.

대기는 온통 잿빛이었다. 이전의 흐린 날과 비슷했지만 더 짙고 두터워서 펠트천이 하늘을 덮고 있는 것 같았다. 그는 황량한 들판에 서 있었다. 그의 기억이 맞는다면 그가 서 있는 곳은 연구소 건물과 녹지가 들어차 있던 사만여 평의 땅이었다. 매각 후 골프장으로 개발한다는 소리를 들은 것 같은데 여전히 버려져 있었다. 녹지에는 나무 한 그루 보이지 않았다. 메마른 땅 위에 드문드문 자라고 있는 것은 붉은 빛깔의 다육식물뿐이었다. 지구의 사막화는 예견된 일이었다. 지구는 해마다 최고 기온을 경신했고 날씨의 변화에 적응하지 못한 약한 종들은 하나둘 지구상에서 사라져갔다.

한반도의 낮 기온이 연일 45도를 웃돌던 여름에 아내는 임신하고 있었다. 아내는 비위가 약해서 잘 먹지 못했고 비염이 심해서 에어컨을 켜지 못했다. 선풍기의 열풍 앞에서 땀을 비 오듯 흘리던 아내는 결국 아이를 잃었다. 이미 두 번의 아픔을 겪었던 아내는 다시는 아이를 갖지 않겠다고 선언했다.

아내의 침실에는 화분이 많았다. 거듭된 유산의 아픔에서 벗어나도록 정신과 의사가 처방한 것이었다. 아내는 그것들을 아가라고 불렀다. 우주목, 남십자성, 일월금, 칠복수, 레드길 바, 아내의 아가는 다육이들이었다. 다육이들은 무섭게 번식했다.

"얘는 칼랑코에야, 만손초라고도 불러."

다육식물을 싫어하던 그는 멀찍이 떨어져 앉아 아내의 말을 들었다. 아내가 사랑스러운 표정으로 그것들을 소개했다.

"이것 봐. 이 손바닥처럼 두툼하고 넓적한 잎 끝에 다닥다닥 아가들이 붙어 있잖아."

아내의 말대로 정말 잎 가장자리에 똑같이 생긴 작은 잎들이 자잘하게 붙어 있었다.

"클론이야. 정말 예쁘지?"

아내가 잎을 건들자 클론들이 도마뱀의 꼬리처럼 투두툭 떨어졌다. 아내는 마사토와 흙을 골고루 섞은 화분에 클론들을 옮겨놓았다.

다육이의 무성생식은 성스럽지도 아름답지도 생명 같지도 않았다. 굳이 분류하자면 복제에 가까웠다. 그는 밤마다 클론들이 아파트를 가득 채우고 마침내 목까지 차오르는 꿈을 꾸었다.

그는 서북쪽을 바라보았다. 황량한 들판 끝에 높은 건물들이 우뚝우뚝 솟아 있었다. 그는 도시를 향해 걸었다. 이마에서 땀이 흐르고 갈증이 났다. 겉옷을 벗어들고 걸었다. 얇은 기능성 겉옷이 다소 덥게 느껴지는 것으로 보아 여름의 끝이거나 가을의 초입인 것 같았다. 그의 발끝에 채여 다육식물이 뿌리째 뽑혀 뒹굴었다. 리톱스종의 하나였다. 사막의 기후에서 육질 속에 수분을 저장해 살아남은 종이었다. 그것은 땅에 납작하게 붙어 자라고 있었다. 그는 살이 통통하게 오른 리톱스를 뽑아 과일을 먹듯 육질을 베어 물었다. 지독한 신맛이었다. 진저리를 치며 내던져버렸다. 먼지가 풀썩 일었다가 가라앉았다.

그는 겉옷으로 코와 입을 가리고 걸었다. 미세먼지가 시야를 가리고 재채기를 유발했다. 도시에 가까워지자 거대한 기계음이 들려왔다. 도시 전체가 하나의 공장처럼 돌아가고 있는 것 같았다. 악취가 나는 검은 강이 그의 앞을 막아섰다. 그의 체온이 22도로 식어갈 무렵 국가의 식량 자급률은 삼 퍼센트에 불과했다. 뒤늦게 GMO 대열에 합류한 국가의 무분별한 식량 정책이 땅을 죽이고 강물을 썩게 했을 것이다. 기술 개발로 바닷물을 담수로 활용하고 있다면 수질이 악화된 강을 저렇게 놔둘 필요가 있을까 싶었다.

그러나 그가 걱정할 일은 아니었다. 그는 다리를 건넜다. 잿빛 도시가 미세 먼지 속에서 흐릿하게 윤곽을 드러냈다. 마천루처럼 솟은 건물들이 희끄무레한 하늘을 머리에 이고 있었다. 좀 더 원경에 병풍처럼 둘러친 굴뚝과 끝없이 피어오르는 연기는 그가 살았던 곳이라고 상상할 수조차 없었다. 그는 겉옷 안주머니의 돈을 확인했다. 목이 말랐다.

그는 편의점 앞에 멈춰 섰다. 문을 열려는 순간 귀를 찌르는 경보음이 울렸다. 자기 센서로 작동하는 문이었다. 그는 한 발짝 뒤로 물러서서 통유리 안을 들여다보았다. 매대 사이를 지나는 여자가 눈에 띄었다. 냉장고의 생수 한 모금이 간절해졌다. 여보세요! 그는 다급하게 유리문을 두드렸다. 삐익삐익삐익삐익. 경보음이 요란하게 이어졌다. 여자가 매대 사이에서 나타났다. 그리고 문에서 떨어지라는 수신호를 보냈다. 그는 문에서 떨어져서 여자를 기다렸다. 혈색 없이 창백한 여자는 짧은 커트 머리에 붉은색 스키니룩을 입고 있었다. 습도를 조절하고 열을 차단해주는 탄소나노튜브 옷이었다. 음식물을 쏟아도 물들지 않고 세균까지 막아주는 원리는 모두 나노 기술을 응용한 것이었다.

그는 나노가 물건을 구입하는 과정을 지켜보았다. 나노는 물건을 고를 때마다 손바닥을 갖다 댔다. 그때마다 계산이 되는 것 같았다. 나노가 고른 것은 마약 패치와 생수였다. 계산대는 따로 마련되어 있지 않았다. 나노는 곧장 자동문으로 걸어왔다. 자동문이 스르르 열렸다.

나노의 손바닥에 심어져 있는 것은 마이크로 칩일 것이다. 이전에도 피부 밑에 칩을 이식하는 사람들이 있었다. 쌀알 크기의 칩을 캡슐에 넣은 것으로 개인 정보와 의학적 기록 등이 내장된 칩이었다. 그가 동면 상태로 잠들어 있는 동안 국가에서 전 국민의 손바닥에 칩을 심었을 것이다. 나노가 팔짱을 끼고 삐딱하게 그를 노려보았다. 그녀의 머리에서 세제로 사용하는 탄산소다 냄새가 났다.

"쥐새끼에게 잡혀가고 싶어?"

나노가 빙글거리며 기분 나쁘게 웃었다.

"쥐새끼?"

"쥐새끼도 몰라? 청소로봇이잖아. 복장을 보아 하니 사막에서 온 것 같은데 다시 돌아가지 않으려면 지금이라도 당장 칩을 이식해야 할 걸?"

"그걸 꼭 이식해야 해?"

"칩이 없으면 모든 건물의 출입이 불가능해. 건물 밖에서는 물 한 방울 구할 수 없어."

"어디로 가면 되지?"

"유전자 검사소로 가. 그곳에서 일을 배정해줄 거야. 칩을 이식받으면 주급으로 돈이 들어와. 건물에 무단 침입하면 레이저 빔으로 고깃덩어리가 될 거야. 고깃덩어리를 청소하는 게 쥐새끼지."

나노는 말을 마치고 무빙워크에 올랐다. 그는 나노의 뒤를 따라붙었다. 태어나서 처음 본 것을 어미로 여기는 조류처럼 그는 생면부지의 그녀에게 기댈 수밖에 없었다. 무빙워크는 매우 빠르게 움직이는 데도 몸의 흔들림이 느껴지지 않았다. 도로를 달리는 인공지능 자동차들은 소음 없이 질주했다. 인공가로수와 거리의 무표정한 사람들, 반듯반듯하게 구획된 거리와 질서정연한 교통의 흐름, 쇼핑몰마다 사람 대신 놓여 있는 로봇과 도시 전체를 감시하고 있는 영상 카메라, 도시는 그가 상상한 그대로였다. 나노는 큰길에서 작은 길로 여러 번 접어들더니 한 건물 앞에서 무빙워크를 정지시켰다. 그도 따라 내렸다.

"왜 따라오는 거지?"

그는 가진 돈을 모두 내밀었다. 달리 방법이 없었다. 자신의 전 재산이니 하루만 신세를 지자는 의미였다. 나노는 그의 돈을 건물 앞 쓰레기통에 넣었다. 기계음 소리와 함께 돈다발이 순식간에 쓰레기통 속으로 빨려 들어갔다.

"이런 건 휴지조각이야. 칩이 아니면 소용없다구. 꺼져버려. 나 혼자 먹고 살기에도 바빠."

나노는 건물로 사라졌다. 그는 막막한 기분으로 건물과 조금 떨어진 곳에 주저앉았다. 나노의 말대로 칩을 이식하는 곳을 찾아가야 될 것 같았다. 그러나 그는 한 발자국도 움직일 수 없을 정도로 지쳐 있었다. 지금까지 몇 시간째 물도 마시지 못했다. 그는 바닥에 앉은 자세로 졸기 시작했다.

연구실이었다. 팀장과 그를 포함한 팀원들은 실험쥐의 후각망울 중에서 특정수용체를 제거하는 실험을 하고 있었다. 지구온난화로 인한 날씨 변화와 유전자변형식품의 섭취로 원인모를 질병이 속속 나타나고 있었다. 그중 하나가 후각 이상이었다. 냄새를 맡을 수 있는데 모두 같은 냄새가 난다며 고통스러워했다. 그 냄새는 탄산소다 냄새였다. 환자들은 밥을 먹을 때나 과일을 먹을 때나 물을 마실 때 세제를 들이마시는 것과 같다며 고통을 호소했다. 후각세포의 유전자에는 천 개가 넘는 수용체가 담겨 있었다. 연구팀은 천여 개가 넘는 수용체에서 탄산소다 냄새와 관련된 것을 찾아야 했다. 모래밭에서 바늘 찾기처럼 어려운 일이었지만 환자들의 고통을 생각하면 연구를 멈출 수 없었다. 특정 후각수용체를 제거해도 실험쥐들은 탄산소다 쪽으로 몰려들었다. 팀장은 야근을 지시했다. 그는 늘 잠이 부족했다.

그는 규칙적인 기계음 소리를 들은 것 같았다. 고개를 들었다. 어느새 어둠이 내려와 있었다. 기계음 소리는 쥐새끼라 불리는 청소로봇이 내는 소리였다. 청소로봇은 그를 처리해야 말지 판단을 내리지 못하고 주위를 빙글빙글 돌고 있었다. 그는 벌떡 일어나서 아무 일 없었다는 듯 나노가 들어갔던 건물 쪽으로 걸어갔다. 청소로봇이 따라왔다. 그는 누구라도 만날 수 있기를 간절히 고대했다. 나노 말대로 고깃덩어리가 될지 몰랐다. 불행 중 다행으로 안에서 나노가 나왔다. 나노는 붉은 스키니룩 위에 파란 조끼를 입고 있었다. 왼쪽 가슴에 수소충전소라는 마크가 찍혀 있었다. 나노는 일을 하러 가는 중이라고 했다.

"무슨 일을 해?"

"수소연료 충전소 매니저야. 로봇 관리를 하고 있지. 아침저녁 하루에 두 번씩 체크하러 가."

"나 좀 도와줘. 청소로봇이 뒤에 있어."

"여태 유전자 검사소에 안 가고 뭐 했어?"

"지쳐서 나도 모르게 잠들었어."

"딱한 사람이군. 잠깐 들어와. 시간이 조금 남았으니까."

그는 나노를 따라 건물로 들어갔다. 나노의 숙소는 오십 층의 꼭대기 층이었다. 건물의 구조는 그가 대학을 마치고 연구소에 들어가기 직전까지 살았던 싱글 텔과 흡사했다. 층마다 열 평 남짓한 방들이 복도를 사이에 두고 마주보는 구조였다. 한 층에 스무 개씩 오십 층까지 천 개의 방이 있었고 그 안에 한 명씩 들어가 살고 있었다. 벌집 같은 구조로 실험쥐의 케이지와 다를 바 없었다. 나노의 방은 모든 가구가 벽에 매몰되어 있어서 가방 하나만 들면 언제든 떠날 수 있을 것처럼 단출했다.

나노가 주방으로 가더니 여러 종류의 캡슐을 가져왔다. 알약 형태로 만들어진 캡슐에는 과일, 쌀, 닭, 생선, 김치라는 이름이 붙어 있었다. 다른 것은 흰색 캡슐이고 김치는 초록색이었다. 그는 먼저 흰색 캡슐을 입에 넣었다. 하나씩 차례대로 넣고 체하지 않도록 천천히 물을 마셨다. 시원한 생수가 몸에 들어가자 살아 있다는 것에 감사가 우러나왔다. 그는 마지막으로 김치캡슐을 입에 털어 넣었다. 물을 마시자 김치캡슐이 녹으며 시큼한 쉰내가 미각을 자극했다. 그는 김치의 맛을 입안에서 천천히 음미했다. 나노가 이상하다는 눈빛으로 바라보았다.

"김치캡슐을 왜 그렇게 먹지? 맛이 없기는 다른 알약과 마찬가진데 아직도 유산균을 그렇게 생산하는 걸 보면 우스워. 노인들이 반대해서라지만 이해가 안 가."

그는 뭔가 이상한 느낌이 들었다. 아무 냄새가 나지 않는다는 나노의 말이 믿기지 않았다. 그는 김치가루가 들어있는 캡슐을 열어 나노의 코밑에 바싹 들이댔다.

"냄새를 맡아 봐. 시큼한 냄새가 나지?"

나노가 고개를 저었다.

"무슨 냄새가 난다고 그래."

나노는 냄새를 맡지 못했다. 그는 나노가 다른 냄새도 못 맡는지 궁금했다. 나노가 가져온 샴푸에서는 탄산소다 냄새가 났다. 샴푸에서 빨랫비누 냄새라니.

"맞아! 탄산소다였지!"

그는 별안간 소리를 질렀다.

"네 머리에서 무슨 냄새가 나는데 알고 있어?"

"왜 자꾸 냄새가 난다고 해? 아무 냄새도 안 난다니까."

그와 팀장이 하던 연구는 누군가의 손으로 이어져 계속되었던 모양이다. 그리고 마침내 탄산소다 후각수용체를 제거했다. 그는 자신이 그 일을 해낸 듯 감격스러웠다. 그런데 나노는 모든 냄새를 맡지 못했다. 뭐가 잘못된 것일까.

식사가 끝나자 나노는 그를 데리고 집 밖으로 나왔다. 남은 잔액이 얼마 남지 않았고 주급은 사흘 뒤에나 입금된다고 했다. 나노는 말을 마치고 무빙워크에 올랐다. 그는 나노를 따라갈까 하다가 그만두었다. 혼자 살아갈 방법을 찾아야 했다. 그는 사람 반 로봇 반으로 가득 찬 상가 쪽으로 걸음을 옮겼다. 그가 알던 사람들의 흔적을 찾을 수 없는 이곳에서 그는 새로운 삶을 시작해야 했다. 그는 아내 생각이 났다. 혼자만 살기 위해 그는 아내를 두고 도망쳐왔다.

"나가!"

레드길 바가 그의 눈앞으로 날아왔다. 퇴근하는 그에게 아내는 아가라고 예뻐하던 다육식물을 집어던졌다. 레드길 바의 날카로운 가시가 그의 뺨을 찔렀다. 가시에 찔린 뺨에서 핏방울이 맺혔다. 그는 다친 뺨보다도 아내가 걱정되었다. 아내는 뼈만 남아 공격적으로 변해가고 있었다. 심한 조울증으로 손목을 긋기도 했다. 그는 아내를 사랑했다. 아내가 견디기 힘들어하는 것은 날씨였다. 일 년 중 절반이 여름으로 바뀐 지 오래였다. 육 개월 내내 평균 기온이 36도를 넘어섰다. 아내가 정성을 기울여도 다육식물은 화상을 입고 썩어나갔다. 햇빛을 가려주고 적당히 물을 주고 분갈이를 했지만 그 많은 화분을 살려내기에는 역부족이었다. 달라진 환경에 적응해나가는 일은 뭇 생명들 모두에게 쉽지 않았다.

그는 아내를 위해 해외로 나갈 궁리를 했다. 지구온난화는 전 세계적인 문제였지만 한반도는 바다로 둘러싸인 지형 때문에 습도까지 높아서 여름나기가 몇 배나 힘들었다. 그에게 기회가 왔다. 캐나다의 연구소로 파견근무를 나갈 연구원을 모집한다는 공고가 난 것이다. 그는 괄목할만한 연구 성과를 얻어 캐나다로 파견근무를 떠날 계획에 착수했다. 그는 성공을 점치기 어려운 후각수용체 연구를 상쇄할 수 있는 연구주제에 대해 고심했다. 누구도 생각지 못한 실험이고 인류를 위한 실험이어야 했다.

그는 눈의 파장을 이용해서 볼 수 있는 색을 조절하는 실험을 시작했다. 뇌는 시신경과 연결되어 있었다. 뇌는 눈과 함께 작용하여 빛을 색으로 해석하는 일을 하는 기관이었다. 색은 인간의 감정과 매우 밀접한 관련이 있었고 뇌를 진정시킬 수도 있고 자극시킬 수도 있었다. 뇌가 스스로 고유의 연결조직을 바꾸고 손상된 기능을 복구한다면 알츠하이머와 같은 뇌 관련 질환에 획기적인 치료법이 될 터였다. 그는 연구원들이 퇴근하거나 잠든 시간에 몰래 연구를 해나갔다.

쥐는 사람과 달리 원추세포가 없어서 푸른색 계통만 볼 수 있었다. 쥐들에게 장파인 붉은색을 보게 하려면 유전자 변형을 시켜야 했다. 그는 암컷 쥐의 배아에서 염색체 조각을 떼어내어 돌연변이 시킨 DNA와 합성시켰다. 유전자가 조작된 실험쥐에서 태어나는 새끼의 형태는 다양했다. 외눈박이거나 장님이거나 눈이 없거나 눈이 여러 개였다. 그중 멀쩡한 쥐들을 대상으로 시력감지기 테스트를 했다. 밝게 비치는 붉은색 판 뒤에 두유가 나오는 관을 설치하고 쥐를 풀어놓았다. 쥐들은 먹을 것이 나오지 않는 초록색 불빛 앞으로 모여들었다. 실험은 계속되었지만 장파인 붉은색을 감지하는 쥐들은 태어나지 않았다. 그러나 끈질긴 사람이 이기는 법이었다. 어느 날 한 마리의 쥐가 붉은색 불빛으로 기어갔다. 희망의 신호탄이었다. 그는 아내에게 당분간 집에 들어가지 못한다고 말해두었다. 퇴근 후 다시 돌아와 연구실 문을 여는 그를 불러 세운 것은 팀장이었다.

"지금 무슨 실험을 하는 거지? 실험쥐가 네 사유물인 줄 알아? 징계를 각오해."

아내의 사정을 말하고 눈감아 줄 것을 부탁했지만 팀장은 사사로운 감정에 매일 일이 아니라고 했다. 팀장에게 연구결과를 공동으로 발표하자고 제의했지만 팀장은 고개를 저었다. 그는 계획이 틀어졌음을 알았다. 실험을 계속하고 못하고의 문제가 아니었다. 팀장이 상부에 보고하면 그의 인생이 끝나는 것이었다. 그는 팀장을 잠시 동면에 빠뜨리기로 했다. 팀장은 가족을 미국으로 떠나보내고 기러기 아빠로 지내고 있었다. 팀장의 자취에 대해서 둘러댈 알리바이도 만들었다. 그는 가장 지근거리에서 팀장을 수족처럼 돕고 있었다. 그는 동료들에게 팀장이 일주일간 일본에 갔다고 말했다. 후각수용체 연구가 지지부진해서 바람 쐬러 갔다며 팀원들에게 함구령을 내렸다. 팀원들은 깐깐한 팀장이 자리를 비운 것을 기뻐했다.

미국 프레드허친슨 암연구소의 실험에 의하면 쥐는 황화수로로 가득 찬 케이스에서 호흡량이 일 분당 백이십 번에서 열 번으로 줄고 체온이 22도로 떨어지며 가사 상태에 빠져들었다고 했다. 가사상태에 빠졌던 쥐에게 신선한 공기를 공급하자 쥐가 다시 움직였다는 것이다. 다른 실험도 했다. 혈액의 60퍼센트를 뽑아낸 쥐에게 황화수소액을 주입시켰더니 이 주일 이상 생존했다는 것이다. 황화수소를 이용한 생명 연장 실험은 이미 각 나라에서 괄목할만한 성과를 거두고 있었다. 인간의 생명을 최소 몇 년에서 몇십 년까지 연장시킬 수 있다는 조심스런 연구결과가 나왔고 생화학전에 대비해 인명 피해를 줄일 수 있는 황화수소 주사약이 개발될 것이라고 했다. 황화수소의 첫 번째 실험대상은 팀장이 되었다. 마취한 그를 실험케이스에 넣고 덮개로 덮은 뒤 황화수소 가스를 주입했다. 팀장의 체온이 식어갔다. 실험이 끝나면 모든 것이 정상으로 돌아올 터였다. 이 모든 것은 확고한 믿음 속에서 신속하게 처리되었다.

사흘 후 연구소가 발칵 뒤집혔다. 팀장의 아내가 가까운 동료에게 남편의 소재를 물어온 것이었다. 한 달에 한 번이나 연락할까 말까 한 아내의 전화로 모든 계획이 들통 나고 말았다. 경찰에 출두하여 팀장의 소재를 추궁받고 돌아온 그는 실험실 부품창고로 달려갔다. 케이스 속 팀장의 몸은 온기가 없었다. 숨도 쉬지 않았다. 기도하는 심정으로 케이스에 산소를 주입했다. 케이스 속의 황화가스가 모두 빠져나가고 산소가 가득 차올랐지만 팀장은 깨어나지 않았다. 무엇이 문제일까. 똑같은 실험을 해도 결과가 다르게 나타나는 이유는 수많은 변수 때문이었다. 똑같은 약물을 주입해도 어떤 쥐는 살고 어떤 쥐는 죽었다. 변수로 달라진 결과에 대해 잘잘못을 가리는 것은 연구를 계속하지 말라는 것과 같았다. 그는 팀장이 깨어나지 못하고 식물인간이 된 결과에 대해서

죄책감을 느끼지 못했다. 연구소에서 실험용 쥐들을 상대하는 동안 그는 생명의 가치에 불감한 사람이 되어 있었다. 법은 엄정했다. 그의 행동은 정상참작의 사유가 되지 못했다.

그는 말없이 잠적했다. 그의 얼굴은 현상수배되었고 아내는 심각한 정신착란 증세로 병원에 입원했다. 그는 자신의 손에 죽어간 쥐들이 그와 아내의 삶을 망가뜨렸다고 흐느꼈다. 그가 동면 상태에 빠지기 전 마지막으로 한 일은 연구소에 잠입하여 그가 따로 숨겨둔 실험쥐를 모두 풀어준 일이었다.

삐익.

어디선가 경보음이 울렸다. 그는 겁을 잔뜩 먹고 주위를 둘러보았다. 한 남자가 공기전문점 안에서 밖으로 나오려고 애쓰고 있었다. 경보기가 쉴 새 없이 울어댔다. 지나가던 사람들이 모여들었다. 프로그램된 일만 처리하는 로봇들은 관심을 보이지 않고 지나쳐갔다. 한 남자가 흥미롭다는 듯 말했다.

"또 저 사람이야? 이번이 세 번째지?"

"안됐지만 평생 지하에서 쓰레기와 함께 살게 되겠군."

그들의 말이 끝나기 무섭게 문 위에 달린 레이더에서 전자빔이 발사되었다. 경보음이 울리고 채 일 분도 지나지 않은 시간이었다. 그를 따라붙던 청소로봇이 나타났다. 청소로봇은 공기전문점 안으로 들어가더니 지게차처럼 팔을 뻗어 남자를 들어올렸다. 밖에는 어느새 출동한 자율주행자동차가 도착해 있었다. 차의 옆문이 열렸고 청소로봇이 남자를 차 안에 집어넣었다. 차가 떠나자 상가 앞은 아무 일도 없었다는 듯 다시 활기를 띠기 시작했다. 그는 두려웠다. 일단 이곳을 벗어나야 할 것 같았다. 도로를 헤매다가 잡혀가 지하인간이 되는 불운을 겪고 싶지 않았다. 나노가 찾아가라던 유전자검사소는 왠지 미심쩍었다. 유전공학을 연구한 그의 촉이었다. 가더라도 상황을 더 지켜보자는 쪽으로 생각이 기울었다. 그는 환하게 불 밝힌 거리를 정신없이 걸었다. 태양광 패널로 만든 보행로의 LED 불빛이 그의 모습을 낱낱이 비추었다. 그는 누군가 먹다 버린 물이나 음식이 없는지 바닥을 두리번거리며 걸었다. 쓰레기통 뚜껑을 열어보았다. 텅 비어 있었다. 쓰레기통 밑바닥은 직경 이십 센티미터의 구멍이 뚫려 있었고 검은 구멍으로부터 찬바람이 불어왔다. 관으로 빨려 들어간 것들이 다시 몇 갈래로 갈라져 지하의 분리수거장으로 모아지는 구조였다.

그는 다리가 아팠다. 떠나온 곳으로 돌아가는 수밖에 없었다. 하늘을 올려다보았다. 장막처럼 드리워진 두터운 먼지 층으로 달도 별도 보이지 않았다. 건물의 벽에 붙은 전자시계가 여덟 시를 나타내고 있었다. 여덟 시밖에 되지 않는데 거리는 텅 비어갔다. 거대한 건물이 사람들을 남김없이 빨아들인 것 같았다. 그가 다리를 건너기 전 그를 추적하던 영상카메라가 눈을 깜빡였다. 영상카메라는 각 구역의 자체발광 가로등에 설치되어 있었다. 영상카메라는 정오 무렵 나타나 여덟 시간째 거리를 배회하는 남자를 예의주시했다. 그는 뒤통수에 강렬한 전기 자극을 받고 그 자리에 쓰러졌다. 어디선가 나타난 청소로봇이 그에게 다가갔다.

그는 벽이 온통 하얀 병실의 침대 위에서 눈을 떴다. 병원 특유의 소독약 냄새가 코를 찔렀다. 하얀 가운을 입은 사람들이 차트를 들고 오가는 모습은 그가 일하던 연구소와 흡사했다. 옆에는 그 이외에도 여러 명이 누워 있었는데 하나같이 팔목과 발목이 침대에 묶여 있었다.

가운을 입은 젊은 남자가 다가왔다. 그의 왼쪽 가슴에 파란 글씨로 유전자검사소라는 명칭이 박혀 있었다. 유전자를 검사해서 적합한 일을 찾아줄 거라고 하던 나노의 말이 떠올랐다. 연구원이었던 자신의 이력을 말하는 게 좋을 듯했다. 그는 몸을 일으키려고 했다. 그러자 남자가 그를 간단히 제압하더니 팔다리를 안전벨트로 결박했다.

"왜 묶는 거야!"

남자는 대답 없이 벨트를 조였다. 그는 침대에서 내려오려고 발버둥을 쳤다. 불길한 예감이 현실로 다가오고 있었다. 그의 팔에 주삿바늘이 꽂히자 의식이 가물가물해졌다. 그는 잠들지 않으려고 안간힘을 썼다. 눈동자를 좌우로 돌리고 입을 벌렸다 오므렸다. 안면근육이 뻣뻣해졌다. 잠들기 전의 나른한 열기가 그를 감쌌다.

"이 남자 천연기념물일세. 모든 게 유전자 조작 전이야."

"후각중추와 편도핵이 남아 있다고? 그럴 리가."

가운을 입은 두 남자가 그의 눈꺼풀을 뒤집어 보았다.

"아직도 완전히 마취가 안 되었는데? 뭐지? 이런 경우는?"

"변연계가 정상이어서 그렇겠지. 일단 칩을 심고 후각중추와 편도핵 제거하고 정낭을 방사선으로 조사照射해서 생식기능을 없애. 자네도 알고 있지? 후각이 성욕과 본능을 자극해 활력을 높여주는 원초적 감각이라는 거. 어디에서 무얼 하며 숨어 지냈는지 모르지만 후각을 잃으면 미각은 물론 삶의 의욕마저 사라지게 될 거야."

팔에 주삿바늘이 다시 꽂혔다. 좀 더 강한 마취제였다. 그는 바닥이 닿지 않는 어두운 심연 속으로 끝없이 떨어지기 시작했다. 국가가 계획적으로 후각중추와 편도핵을 제거하고 있다. 그것은 자신이 실험쥐에게 했던 것들이었다. 이곳은 적성검사소가 아니라 인간 개조소다!

그는 절대 잠들어서는 안 된다고 생각했다. 각성을 위해 실험실의 포르말린 냄새를 떠올렸다. 눈과 코가 매워졌다. 눈이 시리고 콧물이 줄줄 흐르는 착각이 들었다. 그는 심연으로부터 한 발짝 위로 올라왔다. 포르말린 냄새가 강한 독성으로 코를 마비시켰다면 쥐 오줌은 시큼하고 지독한 암모니아 냄새로 정신을 혼미하게 했다. 그는 크게 심호흡했다. 케이지 속에서 실험쥐들이 한꺼번에 찍찍거렸다. 그는 깜빡 잠이 들었다. 옷이 다 벗겨지는 꿈을 꾸고 있다고 생각했다. 아니 머리가 열리는 꿈이었다. 그는 꿈속에서 끝없이 코를 벌름거렸다. 더 많은 냄새를 해마에 저장해야 했다. 꿈에서 깨어나면 기억조차 못할 냄새들을.

캔 옥수수를 프라이팬에 쏟아 붓고 노란 버터로 노릇노릇하게 구울 때면 달콤한 냄새가 집 안에 가득했지. 기름으로 멸치를 볶은 다음 해바라기씨와 땅콩을 넣고 올리고당으로 조리면 고소한 냄새가 침샘을 자극했어. 자신도 이제 탄산소다 냄새가 나는 샴푸로 머리를 감으며 살게 될까.

"풀어 줘, 풀어 달라구!"

그는 벨트에서 빠져나오려고 몸부림을 쳤다. 병실이 떠나가라고 고함을 질렀다. 남자가 억센 손바닥으로 그의 뺨을 때렸다. 입안으로 찝찔한 피가 고여 들었다.

"주사 한 대 더 놓고 2단계까지 시술해. 해마까지."

그는 즉시 마취되었다.

그는 편의점을 나서며 남은 잔액을 확인했다. 이틀이면 없어질 금액이었다. 그는 가공식품 공장에 배치되었다. GMO로 생산된 닭을 가공하는 곳이었다. 털이 뽑힌 닭들이 레일에 매달려 그의 앞을 지나갔다. 닭들은 타조처럼 큰 몸집을 하고 있었다. 닭들이 펄펄 끓는 기계 속으로 들어갔다가 여러 공정을 거쳐 알약 크기의 캡슐이 되어 나오는 것을 그는 무표정하게 바라보았다. 캡슐은 벨트 위로 옮겨졌다. 내용물이 많거나 적은 것들은 자동적으로 걸러졌다. 그는 위아래 아귀가 잘 맞물리지 않은 캡슐을 골라냈다.

그는 방금 구입한 김치캡슐을 물끄러미 바라보았다. 어디선가 본 듯한 느낌이 들었다. 낯선 여자가 그의 앞으로 다가왔다. 커트머리에 붉은색 스키니를 입고 붉은색 조끼를 걸친 여자였다. 조끼 위에는 수소충전소라는 마크가 선명했다. 근처에 있는 충전소에서 근무하는 여자 같았다.

"또 보네."

여자가 아는 체를 했다. 그는 기억을 더듬었다. 기억 속에는 아무도 없었다. 단 한 사람도.

"나를 알아?"

"칩을 심었다고 이러기야? 은혜를 모르는 사람이군. 손에 들고 있는 초록색 캡슐을 보면 알 텐데? 우리 집에서 김치가 맛있다고 먹었던 거 기억 안 나?"

"이게 초록색이라고?"

"이제는 그걸 빨갛다고 우길 건가? 전에는 김치에서 냄새가 난다고 그러더니."

여자가 양 손바닥을 펼치며 어깨를 으쓱했다. 여자는 어이없다는 표정으로 편의점을 나갔다. 그의 머리는 뒤죽박죽이 되었다.

그는 숙소를 향해 걸음을 옮겼다. 도로에 버스 한 대가 정차했다. 문이 열리고 똑같은 제복을 입은 어린 아이들이 줄지어 내렸다. 아이들은 모두 복제품들처럼 닮아 있었다.

"칼랑코에."

뜻을 알 수 없는 단어가 그의 입에서 튀어나왔다.

"우주목, 남십자성, 일월금, 칠복수, 레드길 바……."

그는 중얼거렸다.

교사로 보이는 여자가 맥주편의점 앞에 쓰러진 한 남자를 손가락으로 가리켰다.

"저 남자를 잘 봐. 인간의 자유의지를 남용한 결과야."

청소로봇이 다가와 남자를 처리하는 과정을 끝까지 확인한 뒤 아이들은 모두 버스에 올랐다. 한 아이가 차에 오르다 말고 그를 돌아보았다. 아이의 오른쪽 눈동자는 루비처럼 붉은 오드 아이였다. 붉은 눈동자를 보자 전기에 감전된 듯 찌릿한 전류가 발끝으로 빠져나갔다.

그는 멍청한 얼굴로 건물 벽을 올려다보았다. 건물 벽에 설치된 대형

전광판에 희끗희끗한 쥐와 지저분한 잿빛의 쥐가 나타났다. 잿빛의 쥐는 눈이 일곱 개나 달려 있었다. 붉은색 글씨로 된 자막이 오른쪽에서 왼쪽으로 천천히 지나갔다.

……지하도시 CF6289 구역 발전소 배수로에서 또다시 기형 쥐 출몰. 심각한 감염 우려. 인간의 색각에도 이상 징후가 나타나고 있다는 보고가 조심스럽게…….

자막을 읽자 발목이 차갑게 얼어붙었다. 그는 양팔을 엇갈려 상체를 감싸 안았다. 다리 쪽으로부터 바람이 불어왔다. 그는 폐부 깊숙이 숨을 들이마셨다. 후덥지근했지만 냄새가 섞이지 않은 바람이었다. 그는 숙소로 향하는 무빙워크에 올랐다. 물이 흐르듯 무빙워크가 움직이기 시작했다.

완벽한 가족

그의 가족은 일 년에 한 번 모여 저녁 식사를 했다.

저녁 여섯 시, 그는 하이테크 소재의 검정색 양복 차림에 흰 모자를 쓰고 식당에 나타났다. 아내의 연금으로 새로 구입한 옷이었다. 검은 양복을 돋보이게 하려고 받쳐 입은 흰 와이셔츠가 백발과 잘 어울렸다. 인공척추수술을 받은 그의 허리는 장대처럼 꼿꼿했다. 발 도장을 찍듯 다부지게 걷는 그의 걸음걸이는 놀랍게도 청년 같았다. 그는 가족이 늘 앉는 지정석으로 걸어갔다. 창밖이 내려다보이는 전망 좋은 자리였다. 백오십 층 높이에서 창 아래를 내려다보면 아찔했다. 높은 빌딩들이 장난감 블록처럼 빼곡히 세워져 있었다.

딸과 손자가 나란히 앉아 심각한 대화를 나누고 있었다. 딸의 복장은 우중충했다. 작년에 입었던 것과 같은 것으로 발열섬유 소재의 카키색 코트였다. 그는 눈살을 찌푸렸다. 굳이 그 옷을 입고 나온 딸의 저의가 의심스러웠다. 그럴수록 뻔뻔해져야 했다. 그는 만면에 웃음을 띠고 딸에게 다가갔다.

"나, 왔다."

그의 목소리에 깜짝 놀라 딸이 고개를 들었다. 딸은 벌린 입을 다물지 못했다. 눈앞에 서 있는 허리가 꼿꼿한 노인이 아버지라는 사실을 믿을 수 없다는 표정이었다. 딸은 그가 전동로봇휠체어를 타고 올 것으로 생각한 모양이었다. 삼 년 전 겨울, 그는 술을 마시고 돌아오다 무빙워크에서 넘어져 척추를 다쳤다. 인공척추가 아니었으면 오늘도 로봇에 의지해 나왔을 것이다.

"딴 사람인 줄 알았어요."

딸의 말에 가시가 돋쳐 있었다.

"수술은 언제 하신 거예요?"

"석 달쯤 됐다."

"설마 연금을 다 쓰신 건 아니죠?"

딸은 의심의 눈초리로 그를 바라보았다. 그는 딸이 실망할까 봐 고개를 가로저었다. 어차피 알게 되겠지만 미리 말해서 즐거운 식사를 망치고 싶지 않았다. 딸은 안도의 한숨을 내쉬더니 작게 미소를 지어 보였다. 둥글게 쌍꺼풀진 눈이 초승달처럼 가늘어지며 새 발자국 같은 주름이 눈가에 깊이 패었다. 딸의 얼굴은 일 년 새 몰라보게 시들어 있었다. 그의 나이가 예순여덟이니 딸의 나이는 마흔다섯이었다. 나이에 비해 노화가 빨리 진행된 편이었다. 비타민주사 투여와 항산화식품 복용, 고단백영양제 섭취가 제때 이루어지지 않아서일 것이다. 경제적으로 그만큼 여유롭지 못하다는 말이기도 했다.

딸은 대규모 세탁 공장에서 일을 했다. 세탁 로봇의 미세한 오작동을 모니터링하는데 독한 세제와 뜨거운 열기, 표백과 살균 시에 발생하는 화공약품 냄새 때문에 두통이 심하다며 만날 때마다 푸념을 늘어놓았다. 학창시절 자신이 남들보다 공부를 못한 이유가 부모에게 있다는 것이었다. 그는 죽은 아내에게 책임을 돌렸다. 아내는 딸을 만들 때 수정란이 아니라 다른 일에 마음을 쏟았다.

아내와 그는 결혼과 임신, 출산 제도가 사라지던 해에 딸을 만들었다. 오랜 청년실업으로 결혼과 출산 기피 현상이 지속되고 출산율이 제로에 가깝게 떨어지자 국가에서는 획기적인 카드를 내놓았다. 그것은 취업과 결혼과 자녀 양육으로부터 자유로운 일인 가구의 도입이었다. 일인 가구 생애시스템은 이십 년을 기본단위로 하여 총 네 단계로 구분한 체계였다. 스무 살까지는 국가교육기관에서 무상으로 직업교육을 받고 마흔 살까지는 한 사람의 교육비를 세금으로 납부하며 예순 살까지는 자신의 노인연금을 붓고 여든 살까지는 국가로부터 연금을 받아서 생활하는 제도였다. 연금 종료 시기인 팔십 세에는 건강상태와 상관없이 누구나 안락사 주사로 생을 마감해야 한다는 조항이 붙어서 논란이 많았지만 오랜 논의 끝에 통과되었다. 팔십 세면 살만큼 살았다고 생각하는 젊은 층의 찬성표가 결정적이었다. 사람들은 누구에게나 집과 직업이 주어지고 노후가 보장된다는 사실만으로도 생애시스템을 열렬히 환영했다. 그도 거기에 한 표를 던졌다.

그와 아내는 바이오센터에 가서 정자와 난자를 제공하고 열 개의 수정란이 착상되는 과정을 지켜봤다. 성공적으로 착상된 수정란 중 하나가 딸이 되었다. 바이오센터에서 불임시술을 받은 그들은 국가에서 제공한 각자의 오피스텔로 돌아갔다. 그로부터 열 달 동안 아내와 그는 바이오센터에서 띄워준 수정란의 홀로그램을 보며 그들이 원하는 아이를 상상했다. 그가 하루도 빠짐없이 그 작업에 몰두할 수 있었던 이유는 따로 있었다. 자식의 미래가 부모의 월급에 보탬이 되기 때문이었다. 자식이 졸업과 동시에 연구원이나 기계공학자, 컴퓨터 프로그래머, 교수와 의사 등의 직업군에 속하게 되면 부모 월급에 십오 퍼센트의 인센티브가 붙었다.

그는 최선을 다했다. 그러나 아내는 아니었다. 그가 수정란에 온 정신을 집중하고 있을 때 아내의 에너지는 자주 분산되었다. 막 출시된

댄스게임에 빠진 아내는 하루 한 시간도 온전히 수정란에 집중하지 못했다. 아내는 부모가 수정란에 집중하는 것이 아이의 두뇌에 영향을 미친다는 국가의 연구결과를 비웃었다. 아내는 수정란이 달걀의 유정란과 다르지 않다고 말했다. 부화기에서 태어난 아이가 어떻게 우리 자식이냐고 따져 묻는 아내에게 그는 역사를 전공한 사람답게 조목조목 반박했다. 먼 옛날 조선시대의 명문가에서 자식을 잉태하고 출산하는 과정이 남달랐다는 것을 예로 들었다. 그들은 아이를 갖기 전에 기도와 정성을 드리는 것은 물론 임신한 아내는 남편과 잠자리를 갖지 않고 오로지 태아에만 집중했다. 그 과정은 생각이 무르익어 창조와 발명으로 이어졌던 인류의 역사와도 무관하지 않았다. 아내는 도무지 설득되지 않는 여자였다. 그가 아내를 선택한 것은 빼어난 외모 때문이었다. 그의 유전자와 아내의 유전자가 합쳐지면 가장 완벽한 아이가 태어날 거라 믿었다. 그의 생각은 반은 적중했고 반은 빗나갔다. 딸은 예뻤지만 학습 능력이 떨어졌다. 아내의 책임 방기로 딸은 전두엽 발달이 원활하게 이루어지지 못했고 졸업과 동시에 세탁 공장에 배치되었다.

"넌, 인사 안 하니?"

스마트폰으로 띄운 홀로그램을 들여다보는 손자에게 딸이 눈치를 줬다. 손자가 굼뜨게 고개를 들자 눈앞에서 홀로그램이 사라졌다. 홍채인식 기능이었다. 손자는 마지못해 인사를 했다. 손자는 진회색 터들 넥 스웨터에 낡은 청바지 차림이었다. 손자의 표정에서 반가움이라곤 찾아볼 수 없었다. 손자의 나이가 스물다섯이니 벌써 다섯 번째 만남이지만 한 번도 밝게 웃는 모습을 보지 못했다. 그는 그 나이 때의 제 모습을 보는 것 같아 쓸쓸해졌다. 손자의 생김새는 그와 흡사했다. 가무잡잡한 피부색과 호리호리한 체격과 유인원처럼 길쭉길쭉한 팔다리가 그랬다. 그러나 두뇌는 딸을 그대로 빼다 박았다. 손자의 직업이 가정용 로봇 수리공인 것을 보면 알만한 일이었다. 과거에 사람들이 하던 일들을 지금은 로봇과 인공지능 컴퓨터가 대신하고 있었다. 그러나 새로운 가치를 창조하는 인간 고유의 영역만큼은 로봇이 넘볼 수 없었다. 상상력을 발휘하는 분야가 아닌 은행, 경찰, 병원, 교육, 군사 등과 관련된 직업을 우수한 인공지능에게 자리를 내준 사람들이 기계보다 못한 일에 배치되는 건 어쩌면 당연한 일이었다. 그는 손자의 거친 손마디를 보자 기분이 언짢아져서 고개를 옆으로 돌렸다.

옆 테이블에서는 두 사람이 스테이크를 먹고 있었다. 부부로 보이는 젊은 두 사람은 오가닉 코튼 소재의 도톰한 니트를 입고 있었다. 가뭄으로 인한 목화 생산량 감소로 값비싼 순면 옷은 상류층의 상징이 되었다. 그들은 우아하게 웃으며 이야기를 나누고 있었다. VIP석 식탁 주변은 화사한 봄꽃으로 장식한 홀로그램 영상으로 감싸여 있었다. 그들의 귀에만 들리는 음악은 봄과 관련된 음악일 것이다. 어쩌면 그가 좋아하는 멘델스존의 봄노래인지도 몰랐다. 딸과 손자가 그의 뒤를 이어 교수가 되었다면 그의 가족이 그 자리를 차지했을 것이다. 아쉬운 마음에 그는 입맛을 쩟쩟 다셨다.

그가 최고급 스테이크를 맛볼 수 있는 기회는 일 년에 딱 한 번 마련되는 가족 모임뿐이었다. 대부분의 음식이 간편 조리 형태로 시판되고 있었지만 그렇다고 해서 소고기 갈빗살이나 등심, 해산물류의 음식이 사라진 것은 아니었다. 재료 원가가 비싸고 조리 절차가 까다로운 음식은 고급 식당에서만 맛볼 수 있었다. 그러나 가격이 워낙 고가여서 고액 연봉자가 아니라면 꿈도 꿀 수 없었다.

"미쳤군, 흰 면 옷을 입고 음식점이라니. 하긴 돈 많은 것들이니 뭐는 못하겠어?"

딸의 눈꼬리가 치켜 올라갔다. 딸은 흰옷을 입은 사람들만 보면 필요 이상으로 흥분했다. 딸에게 눈부시게 흰 옷이란 손이 많이 가는 귀찮은 빨랫감일 뿐이었다.

딸이 식탁 위의 한 지점을 터치하자 상판 위에 메뉴 홀로그램이 떠올랐다. 부드러운 안심과 육즙이 풍부한 등심과 풍미가 좋은 채끝으로 만든 다양한 스테이크 사진이 군침을 돋웠다. 그는 혀 밑에 고인 침을 삼켰다. 고기가 어금니에 씹히며 달짝지근한 육즙이 배어나오는 상상만으로도 침이 고이다니. 빠진 어금니와 함께 사라졌던 미각이 되살아나고 있었다. 얼마 전 시술한 인공치아 덕분일 것이다. 오늘 제대로 씹는 맛을 느껴볼 생각에 그는 벌써부터 기분이 좋아졌다.

"나는 꽃등심 스테이크!"

"스테이크요?"

딸이 놀라서 눈을 동그랗게 떴다. 그는 어금니가 빠진 뒤로 가족모임에서 이에 무리가 가지 않는 스프나 샐러드 종류만 먹었다.

"이 새로 한 거 안 보이냐?"

그는 입을 크게 벌리고 잇속을 보여주었다. 새로 심어진 인공치아는 종마의 어금니처럼 튼튼해 보였다.

"세상에 인공치아까지! 아까는 다 쓴 게 아니라면서요?"

그는 아차 싶었다. 인공치아는 자랑하는 게 아니었는데 스테이크 앞에서 이성을 잃고 말았다. 이미 엎질러진 물이었다. 그는 다급하게 흘린 물을 주워 담았다.

"그건, 인공척추에 다 들어간 게 아니라는 얘기였지."

"그래서 한 푼도 안 남았다구요?"

"……."

딸은 충격을 받았는지 입을 딱 벌린 채 굳어버렸다. 그러고 있으니 햇볕에 오래 노출돼서 표면이 뻣뻣해진 가죽처럼 보였다. 딸의 얼굴이

혈색 없이 누리끼리한 것은 신장이 나쁘기 때문이었다. 딸의 신장병은 아내의 유전인자였다. 인공신장을 이식하려면 그만한 돈이 필요한데 딸은 직업상 저금할 형편이 되지 않았다. 사위 역시 비슷한 직업에 종사하니 큰 도움이 못 되었다. 딸이 기댈 수 있는 사람은 유전적 아버지인 그가 전부였다. 딸은 아내가 떠난 뒤부터 유별나게 화상 통화를 자주 걸어왔다. 그의 건강을 물어왔지만 속이 빤히 들여다보여서 인공척추 수술을 받은 뒤로는 통화 상태를 수신 거부로 해놓고 있었다.

"이가 없으니까 살맛이 안 나더라. 죽을 먹더라도 씹어 먹어야지."

그는 최대한 처량한 표정을 지어 보였다. 딸이 싸늘한 눈길로 그를 쳐다봤다. 얼굴에 구멍이 뚫릴 것 같아 그는 딸의 시선을 외면하며 손자에게 주문을 권했다. 손자는 메뉴에서 치킨샐러드를 터치했다. 그가 스물에서 마흔까지 이십 년 동안 먹었던 샐러드와 별반 다르지 않았다. 가족모임의 식사비는 사람 수에 따라 국가에서 정액권을 지급하였다. 추가 비용을 물지 않으려면 지급된 돈에 맞춰 주문해야 했다. 대개 부모가 비싼 것을 시키면 자식이나 손자는 헐한 것을 시켜서 총액을 맞췄다. 그가 생을 마감하면 손자도 양장본 두께의 두툼한 스테이크를 맛보게 될 것이다. 손자가 안쓰러울 것은 없었다.

식탁에 홀로그램이 떠오르며 요리에 들어간 재료들의 영양 성분표가 나타났다. 곧 음식이 나온다는 표시였다. 식당의 조리과정은 모든 단계가 기계식으로 자동화되어 있었다. 손맛에 비교할 바는 못 되지만 맛을 감별하는 지능형로봇의 미뢰도 믿을 만했다. 서빙로봇이 음식을 담은 트레이를 장착하고 미끄러지듯 다가왔다. 방금 조리된 스테이크가 핫플레이트에 담겨 뜨거운 김을 피워 올리고 있었다.

스테이크는 몇 번 씹기도 전에 목구멍으로 넘어갔다. 아껴먹어야지 하는 데도 도무지 멈출 수 없었다. 스테이크를 포크로 찍고 칼로 자르기도 전에 혀가 무섭게 고기를 빨아들였다. 허겁지겁이라는 표현이 딱 들어맞았다. 손은 뇌의 명령을 기다리지 못했다. 그는 진공청소기처럼 입으로 빨려 들어가는 고기를 접시로 끌어내려 잘라지지 않은 부분을 다시 칼질해야 했다. 미디엄 레어로 조리된 고기가 입안에서 질겅질겅 씹혔다. 그는 핏물이 입술을 붉게 물들이는 줄도 모르고 씹는 재미에 온통 정신이 팔려 있었다. 고기를 씹으면서 남은 고기의 양을 헤아렸고 건너편 딸의 접시를 흘금거렸다. 딸의 고기가 더 커 보였는데 딸 역시 그를 경계하며 게걸스럽게 먹고 있었다. 둘의 모습은 마치 두 마리의 육식 동물이 막 사냥한 고기를 앞에 두고 으르렁대고 있는 것 같았다. 맹렬한 기세로 허기를 채우던 암컷의 식사가 끝이 났다. 딸은 아쉬운 듯 포크를 내려놓았다.

"화장실 좀."

딸은 말을 마치기 무섭게 다급히 화장실로 향했다. 소변을 오래 참았는지 딸은 다리를 엑스자로 꼬며 걸어갔다. 그는 딸의 접시를 넘겨보았다. 고기가 놓여 있던 자리는 알뜰하게 비워졌지만 아스파라거스가 남아 있었다. 접시 바닥에는 적갈색의 소스가 혈흔처럼 깔려 있었다. 그는 딸의 접시를 바라보고 있는 또 하나의 눈길을 의식했다. 말 한마디 없이 소처럼 앉아 묵묵히 샐러드를 되새김질하던 손자였다.

"싹 다 비우고 갔네요."

손자는 접시에 남아 있던 두 개의 아스파라거스에 골고루 소스를 묻혔다. 그런 다음 냉큼 입속으로 가져갔다. 매사에 굼뜬 손자의 행동이라고는 믿을 수 없는 속도였다.

"기가 막히네요."

손자가 두 번째 것을 입에 넣으려는 찰나 딸이 돌아왔다.

"너 뭐하는 거니?"

딸이 손자의 포크를 낚아챘다. 아스파라거스는 원래의 주인에게로 돌아갔다.

입맛을 다시는 손자의 눈길이 그의 접시로 옮아왔으므로 그는 성급하게 마지막 남은 스테이크를 포크로 찍어 올렸다. 그는 고기를 아껴 먹을 생각에 입안에서 이리저리 굴렸다. 되도록 오래 스테이크의 참나무 훈향과 부드러운 육질을 느끼고 싶었다. 그는 코를 벌름거리며 숨을 들이마셨다.

"켁, 케켁!"

사레들린 그의 입에서 쏟아져 나온 스테이크가 손자의 치킨샐러드 접시로 날아갔다. 스테이크는 절반 정도 씹혀져 분홍빛 속살이 드러나 있었다. 손자와 그의 입에서 동시에 짧은 탄식이 터져 나왔다. 마지막 스테이크를 날려버린 그 못지않게 손자의 충격도 상당한 듯했다. 손자는 반도 먹지 못한 치킨샐러드 접시를 아쉬운 듯 바라보았다. 그와 손자는 동시에 포크를 내려놓았다.

갑작스레 식사가 끝나버리자 어색한 침묵이 찾아왔다. 그는 머쓱하여 창문으로 시선을 돌렸고 딸은 가방에서 신장약을 꺼내 놓았으며 손자는 스마트폰에 다시 고개를 처박았다. 창밖은 이미 어둠이 짙게 깔려 있었다. 백오십 층 아래는 비행기에서 내려다본 밤의 도시처럼 아름다웠다. 무인자동차가 그리는 붉고 긴 꼬리가 유성처럼 길게 이어졌다. 그러나 그 아름다움은 모두 빛이 만들어낸 착시현상이었다. 지상에 내려가면 나무 한 그루 없는 삭막한 도시가 기다리고 있었다.

"엄마, 우리 아들 많이 컸죠?"

손자가 스마트폰으로 다섯 살 된 아들의 모습을 보여줬다. 할아버지도 보여주라는 말에 손자가 영상을 홀로그램으로 띄웠다. 홀로그램에서는 증손자가 친구들 앞에서 작은 입을 오물거리며 영어로 노래를 부르고 있었다. 학교를 졸업할 때까지 부모는 자식의 성장과정을 영상으로 전송받았다. 증손자가 예쁘다거나 사랑스럽다는 생각은 들지 않았다. 손자와 꼭 닮은 인형 같다고나 할까. 손자에게도 정이 없는데 증손자는 오죽할까. 손자는 오늘도 밥 먹는 시간 외에는 스마트폰만 보고 있었다. 하긴 언제나 그랬다. 그것을 손자 탓으로 돌릴 수만은 없었다. 함께 공유한 기억이 없기에 당연히 나눌 대화가 없었다. 일인 사회의 맹점이었다.

그는 교수로 재직하며 인류의 역사에 대해 연구하던 중 가족의 의미를 재고하게 되었다. 농경문화가 시작된 이래로 가족은 한 울타리에서 나고, 자라고, 병들고, 죽는 과정을 공유했다. 노인과 젊은이와 어린이가 같은 기억을 몸에 새겼다. 탄생의 기쁨도, 죽음의 슬픔도 공평하게 나누어가졌다. 슬픔이 기쁨으로, 기쁨이 슬픔으로 치환되는 과정을 지켜보며 일희일비하지 않는 평상심을 익혔다. 그러나 그가 태어나기 훨씬 이전부터 생과 사는 울타리 밖에서 이루어졌다. 낯선 공간에서 태어나고 낯선 이들이 있는 병실에서 죽었다. 인생의 중요한 순간이 공유되지 못했다. 그는 기억을 함께 나누지 못하는 가족은 이미 가족이 아니라고 생각했다.

그는 딸과 손자가 가족모임에서 시간을 견디고 있다고 생각했다. 시간을 견디는 이유는 다름 아닌 돈이었다. 모여서 연금 이야기만 나누는 관계를 가족이라 할 수 있을까. 다른 이들과 마찬가지로 그들 가족 또한 죽을 때까지 팽팽한 피부와 튼튼한 장기와 단단한 뼈대를 유지하는 일에 열을 올렸다. 돈만 있으면 가능한 일이었기에 연금에 대한 욕망은 자연스러운 일이었다. 팔십을 다 채우고 죽는 부모는 어떤 자식에게도 환영받지 못했다. 국가에서는 여든 살까지의 삶을 보장한다 했지만 그 나이까지 사는 건 욕먹을 짓이었다. 그가 부모 대접을 받으려면 연금을 물려줘야 했다. 모르지 않았다. 그러나 그는 더 살고 싶었다. 그는 어금니를 꽉 물었다.

그는 요즘 들어 자주 의문이 들었다. 연금 수령과 관련된 노인 범죄가 갈수록 급증하고 있지만 국가에서는 손을 놓고 있었다. 세금 납부의 의무가 없는 노인은 더 이상 쓸모가 없어서일까. 분쟁의 소지가 되는 가족모임을 국가에서 강제적으로 시행하는 이유가 뭘까. 종국에는 가족제도 자체를 없애자는 목소리가 터져 나오기를 기다리는 건 아닐까. 유전적 부모 자식의 관계마저도 필요치 않은 체제로 전환을 꾀하고 있는 중인지도 몰랐다.

손자가 천천히 고개를 들었다. 그와 손자의 눈이 허공에서 얽혔다. 손자가 그에게 눈으로 물었다.

'모여서 연금 이야기만 나누는 관계를 가족이라 할 수 있을까요?'

너무 깊은 생각에 빠진 탓에 손자가 그를 읽어버렸다. 신분증용으로

IC칩을 이식했는데 홍채를 마주치면 생각을 읽히는 경우가 종종 있었다. 혼자 있는 자리가 아니면 생각에 몰입하지 않는 게 상책이었다. 그는 대답이 궁했다. 그는 손자의 생각에 집중했다. 손자는 그가 안락사하기를 바라고 있었다. 손자의 몸에도 신장병이라는 유전인자가 독버섯처럼 자라고 있을 터였다. 조부의 연금으로 엄마가 신장이식 수술을 받고 연금수령 시기까지 살아줘야 자신에게도 혜택이 돌아올 수 있다는 생각이 손자의 머릿속을 꽉 채우고 있었다.

'잘 모르겠다.'

그는 솔직하게 말했다. 손자가 받아쳤다.

'누군가에게 흡반을 붙이고 살아간다는 것 자체가 공동운명체죠.'

손자가 씨익 웃었다. 섬뜩한 웃음이었다. 손자에게 가족이란 서로의 연금에 기생하는 관계일 뿐 다른 의미는 없었다. 그는 혼란스러웠다. 손자의 생각을 바르게 읽은 것인지 확신할 수 없었다. 그는 쏘는 듯한 손자의 눈길을 피해 눈을 내리깔았다. 그곳에 먹다만 샐러드 접시가 놓여 있었다. 그는 손자의 샐러드 접시를 빨아들일 듯 노려보았다. 말간 침 한 방울이 길게 꼬리를 끌며 입에서 흘러내렸다. 손자가 휴지를 내밀었다.

"아빠, 안락사 시기는 결정하셨어요?"

"안락사?"

그는 잠에서 깬 듯 소스라치게 놀랐다. 안락사라는 말에 놀란 심장이 빠른 속도로 뛰기 시작했다. 그는 머릿속에 그래프를 하나 그린 다음 공을 띄웠다. 심장이 약한 그가 곧잘 하는 명상법이었다. 공이 움직이기 시작했다. 공이 가로선의 아래로 내려갈 때는 숨을 내쉬고 선 위로 떠오르면 숨을 들이마셨다. 공의 움직임을 따라 호흡하는 사이 심박 수가 정상으로 돌아왔다.

"작년 가족모임에서 엄마 안락사 시기를 결정했었죠. 엄마도 동의해서 한 달 뒤 실행했구요."

그는 딸의 입에서 나올 다음 말이 두려웠다.

"그날 아빠가 했던 말이 기억나요. 고통스럽게 사느니 죽는 게 낫다고 했죠."

그건 맞는 말이었다. 아내는 일주일에 서너 번씩 혈액투석을 받았는데 온갖 합병증에 시달리고 있었다.

"그건 네 엄마가 신부전증으로 고생하니까 한 소리지. 너도 알고 있잖냐. 진통제도 안 듣던 거."

딸은 병아리처럼 물을 한 모금 물고 천장을 쳐다봤다. 속이 타는 모양이었다. 그도 꿀꺽 마른침을 삼켰다. 딸이 컵을 탁 소리가 나게 내려놓았다.

"엄마가 같이 안락사하자고 했을 때 아빠가 뭐랬어요? 정리가 되면 곧 따라간다고 했죠?"

그는 아내를 안심시키고 싶었다. 아내는 아플수록 삶에 집착했다. 고통 없는 세상으로 간다는 것을 알면서도 죽음을 두려워했다. 그와 아내는 어떻게 사느냐의 문제보다 어떻게 죽느냐의 문제를 고민해왔다. 생애시스템의 마지막 단계에 접어들면서 주기적으로 학습 받은 결과이기도 하고 자주 복용하던 마약성분 때문이기도 했다. 국가에서는 마약성분이 가미된 음료를 팔았다. 마약이 기준치를 초과하지 않을 만큼만 들어있어서 건강에 큰 지장은 없었다. 값이 비싸다는 게 흠이었지만 그와 아내는 그 정도 여유는 있었다. 마약성분은 정신이 육체를 벗어나 다른 차원의 세상에 이르도록 했다. 그곳은 평화롭고 아름다웠다. 영으로 존재한다는 죽음 이후의 세상과 비슷했다. 그는 죽음이란 다른 곳으로 떠나는 여행이므로 피할 이유가 없다고 생각했다. 안락사는 그런 점에서 획기적인 제도였다. 가족이 지켜보는 가운데 고통 없이 여행을 떠날 수 있기 때문이다. 그것은 평생 성실하게 세금을 납부한 국민에게 국가가 해줄 수 있는 최고의 선물이기도 했다. 안락사는 장기기증으로 이어지는 국가의 핵심 사업이었으므로 안락사의 모든 경비는 국가가 부담했다.

그런데 아내가 떠나자 생각이 달라졌다. 아내가 남긴 연금이 욕심나기 시작했다. 망가진 척추와 빠져버린 어금니를 볼 때마다 아내의 연금으로 새 삶을 시작하고 싶었다. 느려 터지고 작동이 되지 않는 낡은 컴퓨터를 처음의 상태로 포맷하고 싶었다. 그는 이미 그 소원을 이루었고 건강해졌다. 그는 삶에 대한 애착을 숨기지 않았다.

"나는 오래 살 거다. 몸이 없는데 죽어서 무슨 수로 희로애락을 느끼겠냐? 난 튼튼한 어금니로 씹고 뜯고 맛보고 할 거다."

"이제야 본색을 드러내시네요."

"엄마는 몸이 고통스러워서 안락사를 선택한 거고 난 아픈 데 없다."

"제가 아프잖아요."

"네가 아프니까 나보고 죽으라는 말이냐?"

그는 헛웃음이 나왔다. 뉴스에서 듣던 연금 관련 범죄가 남 일이 아니라는 생각이 들었다.

"아빠, 그럼 몇 년 만요. 오 년 정도, 그것도 안 되겠어요?"

딸이 상체를 앞으로 숙이고 협상의 달인처럼 물었다.

"오 년이고 육 년이고 내가 결정할 문제다. 더는 왈가왈부하지 마라!"

"그래서 여든까지 사시겠다구요? 저를 이렇게 만들어놓고 미안하지도 않으세요!"

마침내 딸이 폭발했다. 딸은 울면서 발악을 했다. 옆 좌석의 두 사람이 놀라서 일어나더니 식당을 빠져나갔다. 그는 얼굴이 화끈하게 달아올랐다.

"건강관리를 못한 건 네 탓이다. 네가 얼마나 방탕하게 살았는지 내가 말해주랴?"

"일이 힘드니까 그런 거죠! 저도 아빠처럼 교수였으면 독한 술에 의지했겠어요!"

"그만 하자, 숨이 가쁘구나. 심장이 터질 것 같다."

"차라리 심장이 터져 버렸으면!"

"누구, 나 말이냐? 너 그게 애비한테 할 소리냐!"

"애비요? 전 오늘부터 애비 없는 딸이에요. 연금을 한 푼도 남겨주지 않는 애비가 애비인가요?"

"너, 터진 입이라고……."

그는 노여움으로 얼굴이 붉으락푸르락했다. 갑자기 뒷골이 당기며 눈앞이 캄캄해졌다. 그는 앞이마를 식탁에 찧으며 정신을 잃었다. 딸과 손자의 말소리가 아득히 멀어졌다. 로봇이 다가와 그를 눕히고 심폐소생술을 시작했다. 그는 자신의 몸이 짐짝처럼 부려지는 것을 느꼈다. 딸과 손자의 말소리가 다시 들려왔다. 그는 뒤로 젖혀진 의자에 편안한 자세로 누워 있었다. 딸과 손자는 음료를 마시고 있었다. 잠깐 잠들었다고 생각했는데 이십 분쯤 지난 것 같았다. 전에도 한두 번 겪었던 쇼크 상태가 부쩍 잦아졌다. 두통 때문에 일어나지 못하고 그는 그대로 누워 있었다.

"할아버지는 오래 못가요. 첫째, 심장이 안 좋죠."

"심장이 나쁘고."

"둘째, 아까 사레들려서 켁켁대는 거 봤죠?"

"음식물도 못 넘기고."

"셋째, 백발에 검은 정장이 말이 돼요?"

"노망도 들었다는 거네?"

두 모자가 시시덕거리는 소리를 듣고 있자니 그는 쓸쓸해졌다. 평생을 혼자 살아왔지만 지금처럼 외롭다는 생각이 든 적은 없었다. 결혼과 출산으로 가정을 이루던 시절에도 가족모임은 흔치 않았다. 명절에나 생일에 겨우 볼까 말까 했다. 그도 명절이 돌아오면 갖은 핑계를 대고 여행을 떠났다. 아버지 생일에 연락을 받고 내려간 자리에서도 스마트폰만 들여다보았다. 생일 케이크에 초를 꽂은 여동생이 눈을 흘기며 스마트폰을 빼앗았다. 그와 동생이 노래를 부를 때 두 노인은 행복한 표정을 지었다. 돌아오는 차 안에서 동생과 그는 부모의 유산을 놓고 한 치의 양보도 없이 설전을 벌였다. 동생과 티격태격했지만 늘 결론은 부모님 돌아가신 뒤에 얘기하자는 것이었다. 욕망을 감추기 위한 최소한의 예의는 있었다.

"크흠, 그만 가자."

그는 헛기침을 하며 의자에서 몸을 일으켰다. 딸과 손자가 기절할 듯
놀랐다.

"아빠, 괜찮으세요?"

그는 대꾸도 하지 않고 벗어놓은 모자를 썼다. 갈증이 나서 모자 옆
에 놓인 노란색 음료를 마셨다. 달콤하면서도 톡 쏘는 맛이 났다. 가족
모임은 언제나 뒤끝이 좋지 않았다. 미련은 없었다. 그를 만나고 싶지
않아도 딸과 손자는 내년에도 이곳에 올 것이다. 국가에서 입금해주는
가족모임장려금이 아쉬울 테니까. 셋은 식당을 나오며 출입문 옆에 달
린 기계에 손바닥을 올려놓았다.

'올해의 가족모임장려금이 입금되었습니다.'

백오십 층 높이에서 지상으로 내려오는데 걸린 시간은 십여 초에 불
과했다. 위에서 내려다 볼 때는 신이 된 듯한 기분이었는데 빌딩을 벗
어나자마자 개미만도 못한 존재가 된 것 같았다. 밤하늘에서 진눈깨비
가 날리고 있었다. 무빙워크의 둥글고 투명한 차양 위에 눈이 습자지처
럼 쌓여 있었다.

그는 집으로 돌아가는 길에 단백질식품 편의점에 들렀다. 손자의 샐
러드 접시로 날아가 버린 스테이크 때문인지 자꾸만 허기가 졌다. 고기
맛을 본 어금니의 마력이었다. 이가 자라나 턱을 뚫고 나오기 때문에

끊임없이 이를 갈아야 하는 설치류처럼 그는 어금니의 허기를 잠재우기 위해 돌이라도 씹어야 할 판이었다. 돈만 있으면 모든 것이 해결된다고 생각해 온 그였다. 그러나 오늘밤은 돈으로 채워지지 않는 무언가가 몹시 그리웠다. 편의점의 진열대에는 당연하게도 스테이크가 없었다. 씹을 것도 없는 유동식뿐이었다. 그는 편의점 안을 두어 바퀴 돌고 나서야 곤충튀김 한 봉지를 구입했다. 곤충과 영양제를 넣어 동글납작하게 튀긴 영양식이었다. 단백질이 많이 함유된 고단백 식품이지만 그는 곤충 혐오증이 있어서 평소에는 쳐다보지도 않았다.

그는 건물 사이의 좁고 어두운 틈새로 들어가 누가 보지 않는지 경계하며 어금니로 봉투를 뜯었다. 기름 냄새가 위를 자극했다. 손이 곱아서인지 손가락이 달달 떨렸다. 튀김은 입구가 좁아 쉽게 딸려 올라오지 않았다. 양손으로 봉투의 입구를 힘껏 잡아당겼다. 북, 소리와 함께 봉투가 찢기며 내용물이 허공으로 솟구쳤다. 그는 쏟아지는 튀김을 잡으려고 허둥거렸다. 그의 손가락을 빠져나간 튀김이 살충제를 맞은 모기처럼 검은 양복 위에 우수수 떨어져 내렸다. 튀김이 서너 개밖에 남지 않았다. 봉투를 거꾸로 쳐들고 튀김을 입에 털어 넣었다. 양이 차지 않았다. 구부정하게 쭈그리고 앉아 바닥에 떨어진 튀김을 주워 먹었다. 포근포근한 곤충의 살이 어금니에서 흔적 없이 부서졌다. 그는 씹고 삼키는 일을 반복했다. 그가 몸을 일으켰을 때 그의 양복과 입 주변은 흰

가루가 지저분하게 묻어 있었다. 무빙워크에 올라 여전히 입맛을 다시는 그를 사람들이 흘긋거렸다.

그가 잠들기 전에 틀어놓은 음악은 쇼스타코비치의 교향곡이었다. 그는 서정적인 현악기의 선율을 들으며 잠에 빠져들었다. 혁명이라는 부제가 붙어 있는 음악에서 쇼스타코비치는 냉전시대의 억압과 자유의지를 표현했다고 했다. 냉전이라거나 자유의지라는 말이 선뜻 다가오지 않았지만 2악장의 경쾌하고 빠른 템포가 좋았다. 당대의 평론가들은 말러 풍의 왈츠라고 평했다지만 그는 두 사람의 대화라고 생각했다. 그는 말없이 추는 왈츠보다 사람들과의 대화가 더 그리웠다. 악기들은 다투지 않고 서로를 배려하고 존중하며 화음을 만들어갔다. 관악기가 묵직하게 말을 걸면 현악기는 종달새처럼 높게 날아오르며 피치카토로 대답했다. 음악은 3악장으로 넘어가면서 분위기가 반전된다. 관악기는 숨어버리고 현악기의 떨림이 긴장감을 고조시킨다. 더블베이스의 저음이 음산하게 깔리기 시작하면 그는 심장이 쫄밋거려서 죽음을 알리는 듯한 피아노 소리가 들릴까 봐 서둘러 음악을 껐다. 희망찬 부활을 알리며 둥둥 울리는 4악장의 팀파니 소리를 듣기 전 심장이 멈출 것 같았기 때문이다.

동틀 무렵 그가 잠을 깬 것은 격심한 가슴 통증 때문이었다. 누군가 있는 힘껏 심장을 틀어쥐고 있는 것 같았다. 그는 새우처럼 등을 구부리고 가늘게 숨을 내쉬었다. 기관지를 빠져나오는 숨소리가 조율되지 않은 현악기처럼 새된 소리를 냈다. 그는 고통 속에서 흐릿해지는 의식의 끝을 붙잡기 위해 안간힘을 썼다. 멀리서 웃음소리가 들렸다. 여럿이 한꺼번에 터뜨리는 웃음이었다. 그의 웃음소리도 들렸다. 아내와 딸과 사위, 손자와 손자며느리, 증손자도 보였다. 그들은 안락사 전문시설에서 하룻밤을 보냈다. 그곳은 정원이 아름다운 식당과 호텔급 숙박 시설까지 모여 있는 복합형 안락사 장례식장이었다.

아내는 그날 엷게 화장을 하고 흰 드레스를 입었다. 야생화로 만든 화관을 쓰자 결혼식을 앞둔 신부처럼 화사해 보였다. 푸른 잔디 위에 식탁이 놓이고 실내악단의 음악이 연주되었다. 그날은 국가의 주도로 온 가족이 모였다. 손자며느리는 시종일관 분위기를 띄우기 위해 노력했다. 그녀는 우스운 이야기를 많이 알고 있었다. 할머니, 수수께끼 하나 낼까요? 사과를 먹다가 벌레 한 마리를 발견하는 것보다 더 나쁜 일이 뭘까요? 글쎄, 잘 모르겠구나. 할머니, 놀라지 마세요, 벌레가 반 마리일 때죠. 왜냐하면 다른 반쪽은 이미 먹어버렸을 테니까요. 세상에, 끔찍한 이야기구나. 아내는 박수를 치며 웃었다. 늘 고통에 일그러진 얼굴만 보이던 아내가 생의 마지막 날에 환히 웃고 있었다. 식사를 마친 다음에는 소고기 안주에 곁들여 와인을 마셨고 음악에 맞춰 다 같이 왈츠를 췄다. 아내는 춤을 못 추는 그를 잠깐 상대해주고 스텝이 잘 맞는 사위와 오래 춤을 추었다.

저녁노을이 질 무렵 아내의 안락사가 진행되었다. 아내는 낙엽이 지듯 정원에서 생을 마감하고 싶다고 했다. 흔들의자에 앉은 아내의 이마 위로 감빛 노을이 내려앉았다. 그와 딸이 아내의 두 손을 따뜻하게 잡아주었다. 의사가 아내의 혈관에 정맥주사를 놓았다. 증손자가 작은 손으로 의자를 흔들었다. 흔들의자는 흔들흔들 물 위에 떠가는 나뭇잎이 되었다. 정원에 설치된 스피커에서 헨델의 합창곡이 흘러나왔다. 힘차고 장엄하기 때문에 안락사프로그램의 마지막에 틀어주는 음악이었다. 잠시 후, 아내는 편안하게 눈을 감았다. 이 모든 것에 로봇의 개입은 없었다.

그는 홀로 쓸쓸히 생을 마감하고 싶지 않았다. 유일한 가족인 딸이 따뜻하게 손을 잡아주면 죽음이 두렵지 않을 것 같았다. 그는 119를 부르는 대신 침대 머리맡의 벽을 터치하여 홀로그램을 띄웠다. 자고 있는 딸의 영상이 그의 눈앞에 떠올랐다. 그는 입술을 달싹거릴 기운조차 없었다. 그는 홀로그램 속의 딸을 깨우기 위해 필사적으로 기운을 모았다. 딸이 가늘게 눈을 떴다. 딸은 잠에 취해 그를 바로 알아보지 못했다.

"애…… 야……."

그의 목소리가 한 음절씩 토막 나 흘러나왔다.

"왜 어디가 안 좋으세요?"

딸이 침대에서 느릿느릿 일어나 앉았다. 그는 손짓으로 딸을 불렀다. 딸의 얼굴이 확대되었다. 그의 얼굴도 딸의 눈앞에 커다랗게 확대되었을 것이다.

"몹시…… 힘들구나."

"금방 갈게요."

딸이 사라지자 그는 허공에 공을 띄우고 명상을 시도했다. 공은 자꾸만 땅으로 떨어졌다. 그는 점점 숨이 가빠졌다. 침대에서 굴러 떨어졌다. 떨어진 충격으로 잠시 의식을 잃었다가 깨어난 그는 창문을 향해 기었다. 문을 열면 신선한 공기가 흘러 들어올 것 같았다. 두 평도 안 되는 거실이 아득히 멀었다. 창문에 닿기도 전 식은땀으로 온몸이 흠씬 젖었다. 더는 움직일 힘이 없었다.

저승사자의 발자국 같은 느린 음악이 시작되었다. 3악장 라르고였다. 땀에 젖어 거실 바닥을 가로지를 때 그의 손끝은 재생 버튼을 건드렸다. 헨델의 음악처럼 장중한 음악이면 좋으련만 바이올린의 현이 가늘게 떨렸다. 그는 음악을 중단시키고 싶었다. 그러나 음악은 제 갈 길을 갔다. 눈을 감고 음악을 들었다. 그가 한 번도 들어보지 못한 아름답고 서정적인 음악이었다. 마침내 마지막을 알리는 오르골 소리가 들렸다. 천천히 건반을 짚어나가는 피아노 소리였다.

*

그가 막 다른 세계로의 여행을 시작했을 때 현관문이 열렸다. 때맞춰 도착한 구급대원은 로봇에게 형식적인 심폐소생술을 지시했다. 그는 편안히 잠들어 있었다. 그의 거실바닥에는 모두 다섯 개의 고카페인 음료가 뒹굴고 있었다. 그는 집에 와서도 어금니의 식욕을 달래느라 계속 무언가를 먹었고 냉장고에서 음료수를 꺼내 먹었다. 그의 건강을 담당하고 있는 헬스로봇이 넣어놓은 것이라 여겼던 음료가 그를 죽음에 이르게 했다. 그의 사인은 고카페인 음료의 과다복용이었다.

구급대원은 홀로그램을 통해 딸에게 사망 소식을 알렸다. 한 시간 뒤 딸은 인터넷으로 아버지의 연금을 수령했다. 그리고 바이오센터 사이트에 접속해서 막 기증된 신장을 빛의 속도로 예약했다. 모든 것은 우연이었다. 손자가 할아버지에게 고카페인 음료를 시켜준 것도, 딸이 아버지보다 일찍 도착하여 에너지음료를 냉장고에 넣어준 것도. 잘못이 있다면 식욕을 주체 못한 그의 인공치아에 있었다.

이중성

백조^{*)}

N시로 가는 막차 안은 따뜻했다. 남자는 버스 뒤쪽 창가에 앉아 가슴 깊숙이 얼굴을 묻고 있었다. 히터 탓인지 술기운 탓인지 남자는 정신이 몽롱했다. 큰 키에 호리호리한 운전기사가 통로를 걸어와 절제된 동작으로 승차권을 걷어갔다. 기사는 승차권을 반으로 찢어서 절반은 가져가고 나머지는 돌려주었다.

표 주세요.

기사의 목소리가 잠 속으로 달아나려는 남자를 일깨웠다. 남자는 굼

---

*) 백조자리의 별은 꼬리 부분의 데네브, 가슴 부분의 감마, 날개 부분의 델타와 엡실론, 부리 부분의 알비레오로 이루어져 있다. 그중 알비레오는 이중성이다. 오렌지색 베타별 A와 푸른색 베타별 B가 34초 거리만큼 떨어져 있다.

뜨게 주머니를 뒤지기 시작했다. 점퍼 주머니가 뒤집힌 채 끌려나왔지만 표는 없었다. 기사가 딱하다는 듯이 남자를 내려다보았다. 승차권은 의자 등받이 그물망에 꽂혀 있었다. 남자에게 승차권을 잘라주며 기사는 손목시계를 들여다보았다. 출발 시각 오 분 전인데 남자의 옆자리가 비어 있었다. 기사는 초조하게 창밖을 보았다. 저녁부터 퍼붓던 눈은 멎었지만 영하의 날씨에 도로가 얼어붙어 시내 곳곳에서 정체를 빚고 있었다. 비어 있는 좌석은 표를 예매하지 않은 사람에게로 돌아갈 공산이 컸다. 기사는 미리 표를 예매하지 않는 사람을 좋아하지 않았다. 준비성 없는 사람에게 하나 남은 좌석이 선물처럼 주어질까 봐 기사는 심기가 불편해졌다.

두 사람이 버스 문 앞에서 기사가 내려오기를 기다리고 있었다. 오리털 파카를 입은 중년과 엠엘비 모자를 눌러 쓴 청년이었다. 중년은 차에서 내려오는 기사를 붙들고 빈자리가 있는지 물었다. 엠엘비 청년은 고개를 쭉 빼고 버스 안을 기웃거렸다. 기사는 대답 없이 주위를 두리번거렸다. 밝은 갈색 머리에 검은 모피코트를 입은 여자가 잰걸음으로 다가왔다. 여자의 쇄골 사이에서 진주목걸이가 앙증맞게 달랑거렸다. 여자는 세 사람을 지나쳐서 버스에 올라탔다. 마침내 빈 좌석의 주인이 나타난 것이다. 기사는 여자를 따라붙으며 손을 내밀었다.

표 주십시오.

표요?

여자가 지갑을 열고 카드를 꺼내들었다. 기사는 어이가 없어 말문이 막혔다. 승차권도 없으면서 당당하게 차에 오르다니. 기사는 여자에게 호통을 쳤다.

표도 없으면서 막 올라가요? 저기 서 있는 사람들 안 보여요?

그제야 여자는 버스 문 앞에서 자신을 노려보는 네 개의 눈동자를 확인했다. 재빨리 상황 파악을 마쳤다. 자칫하면 막차를 타지 못할 수도 있었다. 여자는 막차를 꼭 타야 하는 절박한 상황을 연출하기로 했다. 그것은 여자가 겪었던 수많은 일에 비하면 식은 죽 먹기나 다름없었다. 눈꼬리를 끌어내리고 이마를 찡그렸다. 미간에 세로주름을 모으고 세상에서 가장 슬픈 표정을 지었다. 여자는 버스에서 내려와 배 위에 두 손을 모으고 머리를 숙였다.

죄송합니다, 엄마가 위독하다는 전화를 받았어요.

여자의 말은 진부했지만 행동은 진실해 보였다. 여자의 눈에서 두 줄기 눈물이 흘러내렸다. 두 남자는 여자의 눈물 앞에서 마음이 흔들렸다. 화장을 지우며 흘러내리는 눈물에는 일말의 거짓도 없어 보였다. 두 남자는 우는 여자를 남겨두고 뒤돌아섰다. 누군가에게 전화를 걸며 중년이 떠나자 청년 역시 서둘러 대합실을 빠져나갔다.

여자는 핸드백에서 손수건을 꺼내 눈물을 찍어냈다. 연극은 성공적이었다. 기사는 여자의 카드를 이패스 단말기에 찍으면서 떨떠름한 표정을 지었다. 원칙대로라면 가장 먼저 온 사람을 버스에 태워야 했다. 그런데 여자가 우는 바람에 발을 동동거리며 기다리던 남자들은 가버리고 제일 늦게 온 여자가 행운을 차지했다. 원칙에 없는 결론이었다. 기사는 운전석에 앉아 룸미러에 시선을 고정하고 멀어지는 여자를 노려보았다. 여자의 코트 밑으로 드러난 허벅지와 굽 높은 구두가 눈에 거슬렸다. 위독한 어머니를 만나러 가는 복장치고는 지나치게 화려했다. 기사는 어쩐지 여자에게 속은 것 같았고 그래서인지 자신의 행동 어딘가에 미세한 균열이 생긴 듯했다. 톱니의 나사 하나가 헐거워지면서 그가 구축한 견고한 세계가 무너져내릴까 봐 기사는 체머리를 흔들었다. 머릿속을 채운 자욱한 안개가 걷혔다.

　버스 전면에 붙어 있는 전자시계가 11:00로 바뀌었다. 출발 시각이었다. 기사가 운전하는 버스는 정시에 출발하고 정시에 도착했다. 한 치의 오차도 없었다. 잠시 멈추었던 눈발이 다시 날리기 시작했다. 눈발이 부나비처럼 날아와 앞 유리창에 달라붙었다. 기사가 경적을 울리자 버스는 길게 울고 밤의 고속도로를 향해 달리기 시작했다.

베타 A 34″

또각또각.

남자는 바닥을 울리는 하이힐 굽소리를 들었다. 남자는 힘겹게 고개를 들고 반쯤 풀린 눈으로 앞을 바라보았다. 놀랍게도 아내가 걸어오고 있었다. 아내는 어찌된 일인지 검은 밍크코트를 입고 있었다. 그 옷은 입어보기만 하고 사지 못했던 옷이었다. 아내는 단모가 촘촘히 박힌 반드르르한 반코트를 입고 환한 표정으로 그에게 다가왔다. 도톰한 칼라가 목둘레를 감싸고 있어서 아내의 얼굴은 활짝 핀 백목련 같았다. 아내는 남자를 떠나기 전보다 더 아름다워졌다. 아내가 다가올수록 남자의 심장박동도 빨라졌다. 남자는 눈을 내리깔고 벅차오르는 가슴을 진정시켰다. 구두 소리가 점점 가까워지더니 남자 앞에서 멈췄다. 남자는 감격에 젖어 고개를 들었다.

여기, 빈자리죠?

화장이 짙은 여자가 말했다. 남자는 온몸의 기운이 쑥 빠져나갔다.

여자는 모피코트를 벗더니 정성스럽게 접어서 무릎 위에 올려놓았다. 여자가 움직일 때마다 찬바람이 일었다. 남자의 시선은 줄곧 여자의 모피코트에 못 박혀 있었다. 남자는 여자에게 모피코트를 어디서 샀는지 물어보고 싶었다. 아내도 똑같은 옷을 사고 싶어 했다고 말해주고 싶었다. 그러나 자신이 없었다. 남자는 생각을 전달하는 일이 늘 어려웠다. 긴장하면 말을 더듬기까지 했다. 남자가 말을 더듬어서일까. 아내는 언변이 좋은 변호사와 사랑에 빠졌다. 변호사는 입술이 얄팍한 사내였다. 남자는 바지주머니에 손을 집어넣고 커터 칼이 잘 있는지 확인했다. 아내의 변호사를 만나면 얼굴을 그어버릴 생각으로 들고 다니는 칼이었다. 아내가 보고 싶었다. 아내 생각에 남자는 코끝이 찡해졌다. 콧물이 흐를 것 같아서 남자는 얼른 팔짱 사이에 얼굴을 묻었다.

아내는 남자의 미용실 고객이었다. 아내는 주말마다 말쑥한 정장차림으로 미용실을 찾았다. 원장이 자리를 비운 날, 남자는 처음으로 아내의 머리를 만지게 되었다. 아내는 볼살이 통통해 귀염성이 있었으나 뒤통수가 예쁘지 않았다. 남자는 고데기로 머리카락을 말아서 뒷머리를 풍성하게 만들었다. 납작하고 밋밋한 뒤통수가 둥글게 살아나자 아내는 귀부인 같은 인상이 되었다. 그다음에 다시 온 아내는 자신의 등급이 상향되었다고 싱글벙글했다. 결혼식 하객 아르바이트가 외모에 따라 등급이 매겨진다는 것을 남자는 처음 알았다. 원장이 있었지만 아내는 자신의 머리 손질을 남자에게 맡겼다. 남자는 아내의 머리에 표정을 불어넣는 일이 즐거웠다. 아내가 눈웃음을 치면 가슴이 두방망이질 했다.

남자가 미용기술을 배운 것은 눈썹 위의 흉터 때문이었다. 남자의 왼쪽 눈썹 위에는 애벌레처럼 도드라진 흉터가 있었다. 남자는 흉터를 가리기 위해 앞머리 손질에 많은 시간을 들였다. 드라이로 펴고 무스를 발라 이마 위로 길게 늘어뜨렸다. 남자는 머리를 매만지는 일이 좋아서 전문학원에 등록했다. 남자의 미용기술은 핸디캡을 보완하는 치료제 같았다. 환자마다 아픈 곳이 다르듯 미용실을 찾는 사람들의 두상도 생김새가 제각각이었다. 이마가 좁거나 넓은 사람이 있는가 하면 머리숱이 없거나 많은 사람이 있었다. 사람마다 고민이 달랐고 요구가 달랐다. 남자는 세심한 손길로 그들에게 최적의 스타일을 찾아주었다. 새로운 이미지로 자신감을 얻게 된 사람들은 다시 그를 찾았다. 남자의 퇴근은 점점 늦어졌다. 다른 직원에 비해 월급을 많이 받는 것도 아니었다. 남자는 조금씩 지치기 시작했다. 의자에 앉아 차례를 대기하는 사람들이 꼴 보기 싫어졌고 머리를 감기다가 목을 조르고 싶은 충동에 휩싸이기도 했다. 남자는 변해가는 자신이 두려웠다. 고객을 향한 적개심은 그가 바라던 바가 아니었다. 남자는 첫 마음을 떠올렸다. 고객에게 기쁨을 주며 즐겁게 일하고 싶었다. 그러자면 미용실을 개업해서 양보다 질로 승부해야 했다. 남자는 독하게 마음먹고 돈을 모으기 시작했다. 청소까지 마치면 열한 시를 훌쩍 넘길 때가 많았지만 콧노래를 부르며 미래를 꿈꿨다. 그 꿈은 아내를 만나기 전까지 유효했다. 아내에게 처음으로 구두를 선물한 날, 아내는 간질간질한 비음으로 속삭였다.

오빠, 사랑해.

남자는 재채기가 터져 나왔다. 손에 묻은 침을 바지에 문질러 닦으며 남자는 부끄럽게 웃었다. 남자는 아내가 자신을 사랑한다는 사실에 감격했다. 남자에게는 아내가 첫사랑이었다. 아버지가 외판원이었던 남자의 집은 형편이 넉넉지 않았다. 아버지는 책을 팔다가 주방용품을 팔았으며 나중에는 노인들을 상대로 전기매트나 건강식품을 팔았다. 아버지는 교환이나 환불을 요구하는 사람들을 피하기 위해 자주 주소지를 옮겼다. 이사를 자주 다니는 바람에 남자는 친구를 깊이 사귀지 못했다. 눈썹의 흉터 때문이기도 했다. 남자는 늘 혼자였다. 그런 남자에게 아내는 사랑한다고 말했다. 남자는 아내에게 자신이 가진 것을 다 주고 싶었다. 별을 따오라면 하늘에 사다리라도 놓을 생각이었지만 아내가 원한 것은 구두였다.

아내는 굽 높은 구두를 신고 아침 일찍 나갔다가 밤늦게 돌아왔다. 남자는 골목길을 서성이며 아내를 기다렸다. 아내는 술에 취해 비틀거리며 걸어왔다. 신부 친구로서 피로연까지 지켜보고 왔다고, 그것도 일의 연장이라고 아내는 코맹맹이 소리를 했다. 아내는 자신의 일을 사랑했다. 신부가 꽃이라면 신부 친구는 꽃을 감싸는 포장지라고 했다. 포장지는 꽃을 돋보이게 하는 역할이지만 포장지가 꽃보다 아름답다는 인사를 받을 때도 있다고 했다. 아내는 늘 최선을 다했다. 젊거나 나이가 들었거나 화사하거나 수수한 신부의 특성에 따라 그날그날의 콘셉트를 잡았다. 아내는 의상을 완성시키는 마지막 화룡점정은 구두라고 강조했다.

오빠는 나보고 구두가 많다고 하지만 잘 생각해 봐. 계절 다르지, 색깔 다르지, 옷감 다르지, 낮밤 다르지, 장소 다르지, 치마바지 다르지…… 내 구두가 절대 많은 게 아니야.

결혼식은 대부분 주말에 몰려 있어서 아내의 벌이는 시원치 않았다. 잘해야 두세 군데 뛰는 것이 수입의 전부였지만 아내는 다른 직업을 구할 생각이 없어 보였다. 아내는 구두를 신기 위해 그 일을 계속 해나갔다. 구두는 아내의 존재 이유라고도 부를 만했다. 그런 아내를 사랑하는 것이 남자의 존재 이유였듯이. 남자는 수많은 발소리에서 아내의 구두 소리를 가려들었다. 아내의 구두 소리가 골목길에 울리면 남자는 하던 일을 멈추고 달려 나갔다. 칫솔을 물고 나가거나 수세미를 들고 나간 적도 있었다. 아내는 그때마다 깔깔거렸다.

아내의 구두는 백 켤레가 넘었다. 아내는 새로 나오는 디자인에 열광했다. 남자는 아내와 함께 백화점에 드나들었다. 값비싼 구두를 사기 위해 손목이 아프도록 가위질을 했고 손에 습진이 생기도록 고객의 머리를 감겼다. 남자의 월급은 모두 신용카드 결제대금으로 빠져 나갔다. 아내가 새 구두를 신고 예식장 순례를 이어가던 어느 날, 남자는 파마

롯드를 말다가 손목에 뜨거운 통증을 느꼈다. 병원에서는 손목 인대가 늘어났다고 했다. 남자가 일을 쉬는 중에 카드 대금은 몸집을 불려나 갔다. 아내의 구두는 탐욕스러웠다. 카론의 구두처럼 춤을 멈출 기미가 보이지 않았다. 남자는 전세금을 빼서 빚을 갚고 보증금이 오백인 반지 하로 이사했다. 행복했던 결혼의 유통기한은 거기까지였다.

아내는 남자를 떠날 채비를 했다. 아내의 다음 상대는 결혼식장에서 만난 변호사였다. 변호사는 신랑의 친척으로 참석한 오십 대 이혼남이 었다. 변호사는 신부의 친구였던 아내에게 접근했다. 그는 아내의 머리 모양이 오드리 햅번을 닮았다며 찬사를 늘어놓는 한편 영화에서 햅번이 신었던 플랫 슈즈에 대해서 말했다. 그걸 신으면 머리끝에서 발끝까지 완벽하겠다며 아쉬워했다. 아내는 여배우가 신었다는 구두에 마음을 빼앗겼다. 변호사는 그런 아내에게 데이트를 신청했고 함께 구두를 보러 다녔다. 남자가 집에서 라면을 먹고 있을 때 아내는 변호사가 사준 구두를 들고 들어왔다. 남자는 아내를 탓할 수 없었다. 몇 달째 구두를 한 켤레도 사주지 못했다. 남자는 아내의 마음을 되돌리기 위해서 붕대를 풀고 출근했다. 그러나 이미 때는 늦었다. 아내는 변호사가 작성해준 이혼서류를 내밀었다. 자신은 새 구두 없이는 살 수 없고 이렇게 살다가는 불행해질 거라고 했다. 남자는 아내가 내민 이혼서류를 박박 찢어버렸다. 마지막 수단은 모피밖에 없었다. 남자는 크리스마스 선물로 밍크코트를 사주겠다고 약속했다. 아내가 점찍어놓은 옷은 블랙 그라마 하프코트였다. 오백만 원을 호가하는 코트였다.

남자는 아내를 데리고 백화점에 갔다. 남자는 모피 가격을 알아보려고 인터넷을 검색하다가 최상의 모피를 위해 산 채로 가죽이 벗겨진다는 어린 밍크에 대해 알게 되었다. 아내가 집어든 모피는 눈이 예쁜 어린 밍크의 가죽일 수 있었다. 아내는 모피를 걸치고 거울 앞에서 빙글 돌았다. 옷 밑단이 나팔꽃처럼 넓게 퍼졌다. 그날 남자는 아내에게 옷을 사주지 못했다. 결제 대금이 연체되어 모든 거래가 중지되어 있었다. 며칠 뒤 아내는 변호사와 함께 구두를 찾으러 왔다. 빈 상자를 여러 개 가져와 구두를 차곡차곡 담았다. 변호사는 아내의 구두를 중형 세단 뒷좌석과 트렁크에 쟁여 넣었다. 아내는 오후에 한 차례 더 다녀갔다. 남자는 방구석에 쌀자루처럼 앉아 있었다. 아내를 잡을 힘이 남아 있지 않았다. 현관문 앞에서 변호사가 말했다.

합의이혼을 안 해주면 나와 자주 만나게 될 겁니다.

변호사가 말할 때마다 얇은 입술 위에 세로로 주름이 잡혔다. 늙어가는 남자였다. 현관문이 닫혔다. 남자는 냉장고에서 소주를 꺼내 안주도 없이 마셨다. 무기력하게 아내를 빼앗길 수는 없었다. 남자는 잡동사니를 넣어놓는 서랍을 뒤지기 시작했다. 파란 커터 칼이 보였다.

남자는 주머니에서 칼을 꺼냈다. 칼은 무사했다. 남자는 칼을 쥔 손아귀에 힘을 주었다. 칼의 표면이 미끈거리는 바람에 남자는 칼을 놓치고 말았다. 남자는 발밑에 떨어진 칼을 주우려고 팔을 뻗었다.

베타 B 34″

여자는 무릎 위에 놓인 모피코트의 털을 매만졌다. 눈이 녹으면서 생긴 물방울이 털끝에 매달려 있었다. 매장 직원은 털에 눈비가 묻으면 마른 수건으로 닦아내라고 주의를 주었다. 핸드백을 열고 가방 안쪽에 있는 손수건을 꺼내자 립스틱이 딸려 나왔다. 둥글고 길쭉한 립스틱은 바닥에 떨어져서 저만치 굴러갔다. 립스틱이 부러졌을까 봐 여자는 짜증이 났다. 인상을 찌푸리며 의자 밑으로 고개를 수그린 여자는 칼을 줍던 남자와 눈을 마주쳤다.

여자는 남자의 왼쪽 눈썹 위에 도드라진 흉터를 보았다. 눈썹이 있어야 할 자리에 올라앉은 흉터는 징그러운 애벌레 같았다. 남자는 립스틱을 주워 여자에게 건넸다. 남자가 웃자 애벌레가 꿈틀거렸다. 남자의 입에서 술 냄새가 났다. 여자는 온몸에 소름이 돋았다. 여자는 남자의 손이 닿았던 립스틱을 니트 원피스에 문질러 닦고 가방에 넣었다. 남자는 여자를 흘긋거리다가 팔짱 사이에 얼굴을 묻더니 조용해졌다.

여자는 손수건으로 모피의 물기를 닦아나갔다. 짧은 털의 촉감이 빳빳하면서도 보드라웠다. 할부금을 한 번밖에 붓지 않은 새 옷이었다. 여자는 오늘 밤의 모임을 위해 모피를 구입했다. 오늘 모임은 N시의 천문대에서 열리는 천문동아리 모임이었다. 한 달 전, 밴드에 공지가 올라왔을 때 여자는 아직도 이런 걸 하나 싶었다. 동아리를 했던 이력 때문에 밴드로 묶였지만 별에 대한 흥미는 진즉에 사라진 지 오래였다. 그러나 첫사랑이었던 고준이 온다는 말에 마음이 흔들렸다. 무테안경 선호는 다소 들뜬 음성으로 소식을 전했다. 국내항공우주회사의 외국 지사에서 근무하고 있는 고준이 한국에 잠시 나왔다고 했다. 무테는 한마디를 더 덧붙였다. 너 보고 싶다더라. 그때부터였을 것이다. 잠이 오지 않았다. 이십 대 초반의 풋풋한 사랑을 떠올리다 보면 날이 밝았다. 여자는 무테에게 참석하겠다고 알렸다.

여자가 고준을 마지막으로 본 것은 강원도 평창의 넓은 필드에서였다. 동아리 신입회원들과 떠난 졸업여행이었다. 멤버들은 바람이 잠들기를 기다리며 별을 바라보았다. 자정 무렵에 별빛이 맑아졌다. 망원경에 백조자리의 알비레오가 선명하게 잡혔다. 노란색과 푸른색의 베타별 두개가 정답게 붙어 있었다. 신입회원들은 처음 보는 이중성의 아름다움에 탄성을 질렀다.

알비레오는 우리 눈에 하나로 보이지만 망원경으로 보면 두 개의 별이야. 이중성에는 두 가지 종류가 있어. 실제로는 멀리 떨어져 있지만 지구에서 보았을 때 하나로 겹쳐 보이는 겉보기이중성과 가까이에서 서로에게 인력을 미치는 쌍성이 있어. 그러니까 쌍성은 진짜 이중성인 거지. 알비레오는 지금까지 겉보기이중성으로 알려져 있었어. 그런데 작년에 겉보기가 아니라 서로에게 인력을 주는 쌍성으로 밝혀졌어. 먼 거리에 떨어져 있지만 서로를 중심으로 공전하고 있는 거지. 연인으로 비유하자면 겉보기이중성은 적당한 거리를 유지하며 안정적으로 사귀는 거고 쌍성은 싸우면서도 붙어 다니는 관계라고 할 수 있을 거야. 하늘에 있는 별들 중 절반 이상이 이런 쌍성이래. 너희들, 불붙은 성냥에 다른 성냥의 머리를 갖다 대면 불꽃이 폭발하면서 달라붙는 거 본 적 있어? 신기한 것은 불이 꺼진 뒤에도 딱 붙어 있잖아. 죽음도 갈라놓을 수 없는 사랑의 전형이지. 별들은 태어날 때부터 연인별을 갖고 태어난대. 신기하지 않니?

　망원경을 둘러싼 신입들은 고준의 목소리에 귀를 기울였다. 평소보다 두 음 정도 높은 고준을 바라보며 여자는 그를 종달새로 만든 사람이 누군지 알 것 같았다. 고준의 시선은 눈을 빛내며 경청하는 신입에게 꽂혀 있었다. 고준이 설명을 마칠 때까지 그녀는 눈 한번 깜빡이지 않았다. 고준은 계속해서 거문고자리의 직녀별, 독수리자리의 견우별, 백조자리의 꼬리 부분인 데네브가 이루는 여름철 대삼각형에 대해 이야기했다. 여자는 고준의 설명이 장황하다고 느껴졌다. 고준의 말이 길어지자 하나둘 자리를 떴다. 별 관측은 끝났고 가까운 숙소에서의 뒤풀이가 기다리고 있었다. 마지막까지 남은 사람은 모두 다섯이었다. 고준과 여자, 세 명의 신입이었다. 남자 신입 둘이 관측 장비를 정리하는 동안 고준은 생머리의 신입에게 점퍼를 벗어주었다. 그제야 여자의 존재를 알아본 고준이 여자에게 말했다.

안 들어가?

잠깐 나랑 얘기 좀 해.

두 사람이 헤어진 것은 석 달 전이었다. 그만 만나자는 고준에게 이유를 묻자 공부에 집중하고 싶다는 대답이 돌아왔다. 졸업반이라 스트레스가 많다고 했다. 여자는 그것이 핑계에 불과하다는 것을 알았지만 매달리고 싶지 않았다. 자존심 때문이었다. 석 달 동안 여자 혼자 견뎠다.

고준은 신입에게 먼저 내려가 있으라고 했다. 신입이 남자들과 내려가는 것을 고준은 한참 동안 바라보았다.

여자는 풀밭 위에 앉았다. 신입이 보이지 않자 고준도 여자 옆에 앉았다. 한 발짝 떨어진 곳이었다. 캄캄한 밤하늘에 별들이 무수히 흩뿌려 있었다. 크고 작은 별들은 성탄절 트리 장식의 전구처럼 반짝였다. 별의 개수가 바닷가의 모래알보다 많다고 들었는데 정말 하늘에 모래

알처럼 많은 별이 떠 있었다. 그리고 여자가 눈을 깜빡일 때마다 못 보던 별이 새로 돋아났다. 여자는 시간이 흐를수록 밤하늘에 별이 촘촘히 박히는 신기한 광경을 목격하고 있었다.

춥다. 빨리 말해.

신입에게 점퍼를 벗어주고 반팔 차림이 된 고준이 몸서리쳤다.

고준과 헤어지고 술로 나날을 보내던 여자는 고준이 새 여자 친구를 사귀었다는 소식을 들었다. 헤어지고 두 달이 되지 않았을 때였다. 이 년간의 사랑이 한 달 반 만에 정리되는 것을 보며 여자는 배신감이 들었다. 이별에도 예의란 게 있다면 최소한 이별의 이유를 말해주거나 일방적으로 이별을 통보받은 상대가 마음을 추스를 동안만이라도 만남을 유예하는 게 옳았다. 고준은 두 가지 모두를 지키지 않았다. 여자가 애써 수습한 마음을 마구 뒤집어놓았다.

내가 왜 싫어졌어. 언제부터야.

이유를 묻는 거야? 시기를 묻는 거야?

둘 다.

고준은 주머니를 뒤져 담배를 찾았다. 여자는 점퍼에서 담배를 꺼내 고준에게 한 개비를 건네고 자신도 한 개비를 피워 물었다. 담배 한 개비를 태우는 동안 여자는 사랑의 생성과 성장과 소멸에 대해 생각했다. 세상에 영원히 변하지 않는 진리가 있다면 영원한 것이 없다는 사실뿐이라고 누군가 말했다. 여자는 그와의 마지막 담배가 허공에 빨갛게 구멍을 내며 타들어가는 것을 바라보았다. 여자는 담배를 피우는 시간이 좋았다. 세상의 소란으로부터 완벽히 분리될 수 있다는 이유 때문이었다. 담배를 태우는 시간에는 누구도 말을 걸지 않았다. 담배에서 피어오르는 연기를 바라보며 상념에 빠져 있을 때 사람들은 대체로 묵묵히 기다려주었다. 여자는 불필요한 간섭으로부터 벗어나고 싶을 때 담배를 피워 물었다. 그러나 지금은 자유롭기보다 고독했다.

꼭 들어야겠니?

담배를 발로 비벼 끄며 고준이 말했다.

말해줄게. 너는 너무 뜨겁고 나는 너무 차가워. 이건 이 년 동안 계속 느꼈던 거야. 이것이 네 질문에 대한 답이야.

고준은 끝까지 솔직하지 않았다. 여자는 자리를 털고 일어나는 고준을 잡지 않았다. 그의 마음은 이미 차갑게 식어 있었다. 무테가 다가와서 고준이 앉았던 자리에 앉았다. 여자와 고향이 같은 무테는 종종 여자의 카운슬러가 되어주곤 했다. 무테는 여자의 안색을 살피며 물었다.

뭐래?

온도 차 때문이래.

끝까지 폼 잡고 있네.

무슨 소리야?

아니, 그런 게 있어.

혹시 내 문제야?

…….

대답을 안 하는 거 보니까 내 문제가 맞구나.

무테는 고개를 끄덕였다. 여자가 일하는 곳에 고준의 친구가 다녀갔다고 했다. 무테의 말을 듣고 보니 짐작 가는 사람이 있었다. 그는 여자가 룸에 들어가자 뚫어지게 얼굴을 쳐다보았다. 여자의 얼굴이 어딘지 낯이 익다고 했다. 그가 다닌다는 대학은 여자가 다니는 대학과 같았다. 그러나 학생 수가 이만 명이 넘는 학교였다. 오다가다 한두 번 만났더라도 가짜속눈썹과 진한 색조화장으로 분장한 여자를 알아보기는 쉽지 않을 터였다. 여자는 서울 출신이라 만날 일이 없었을 거라고 일축했다. 그도 더 이상 캐묻지 않고 술을 마셨다. 그렇게 술집을 다녀간 뒤에 그는 고준에게 추측성 발언을 했다. 고준은 잘 알고 말하라며 그에게 화를 냈다. 고준이 무테에게 털어놓은 이야기는 거기까지였다. 여자는 마지막 퍼즐 조각 하나를 꺼내들었다. 그다음 출근했을 때 사장은 여자를 찾는 전화가 왔었다고 했다. 목소리의 주인은 아동학과에 다니는 대학생이 일하고 있는지 물었다. 여자는 무테의 말을 들으며 빈칸에 조각을 끼워 맞췄다. 목소리의 주인은 바로 고준이었다.

여자는 자취방 월세와 용돈을 마련하려고 술집 아르바이트를 시작했다. 대학 이학년 때 아는 언니 소개로 방학 때만 잠깐 하려던 것이 주말 아르바이트로 고정되었다. 일주일에 두 번 일하는 것으로 목돈을 만질 수 있는 아르바이트는 많지 않았다. 그곳은 대학생들이 드나들기에는 술값이 비쌌고 학교에서 한 시간 가량 떨어진 곳이었다. 언제까지나 비밀이 유지될 거라고 생각하지는 않았지만 가장 최악의 시나리오가 완성되고 말았다. 얼마 남지 않은 졸업까지 무사히 완주하는 게 가장 좋았고 차선으로 여자가 먼저 고백하는 방법도 있었다. 그러나 이제 고준은 여자에 대해 다 알게 되었다. 심지어 하지 않은 일까지 했다고 믿게 되었다.

나는 걔한테 부끄러운 일은 안 했어.

알아. 내가 다 아니까 너도 이제 마음 접어.

여자는 무테 앞에서 울었다.

동아리에서 고준을 만났을 때 여자는 그의 눈빛이 맑아서 좋았다. 그는 망원경을 통해 광대한 우주를 바라보면 이 세상이 얼마나 작고 보잘 것 없는지 알게 된다고 말했다. 그는 지상에 발을 두고 천상을 우러르는 사람이었다. 여자는 그가 남다르다고 생각했지만 무슨 아르바이트를 하는지 물었을 때 솔직하게 말하지 못했다. 여자는 이모네 집에서 일한다고 말을 꾸며냈다. 그는 여자와 같이 들었던 교양수업에서 배운 백석의 시를 패러디해주었다. 주말에 쉬지 못하는 것은 세상한테 지는 것이 아니다, 세상 같은 건 더러워 버리는 것이다. 지영아, 일하다 힘들면 별을 봐. 나는 일하며 공부하는 네가 좋아. 여자는 그의 말에서 위로받았다. 학업을 마치기 위해서 돈을 버는 일에 귀천이 있을 수 없었다. 여자는 자존감을 세워준 그가 고마웠다. 둘은 주말 데이트 대신 수업이 일찍 끝나는 오후와 저녁에 데이트를 했다. 그는 흔한 투정 한번 하지 않고 여자의 스케줄에 따라주었다. 여자는 석 달 전의 고준과 오늘 밤의 고준이 같은 사람이라는 사실을 믿을 수 없었다. 그가 했던 말은 모두 쓰레기가 되어 있었다.

고준은 졸업 후 군대에 다녀와서 대학원에 진학했다. 여자는 고준과의 추억이 남아 있는 도시를 떠나 서울로 갔다. 아르바이트하는 틈틈이 여러 회사에 입사서류를 넣었다. 서류심사를 통과하기는 낙타가 바늘구멍을 통과하기보다 어려웠다. 가뭄에 콩 나듯 면접을 보러 오라는 연락을 받았지만 그 또한 들러리라는 것을 깨달았다. 취업의 문은 좁고 벽은 높았다. 학원에 다니며 공무원시험을 준비했지만 그것도 쉽지 않았다. 여자는 늘어나는 생활비를 감당하지 못하고 다시 술집으로 돌아갔다.

여자는 술을 매개로 사람들을 만났다. 술은 사람의 가장 밑바닥에 깔린 감정을 이끌어냈다. 술을 마시고 개가 되는 부류도 있고 성인이 되는 부류도 있었다. 취객 중에는 전자가 많았다. 여자는 전자에 속하는 사람들 때문에 힘든 날이 많았다. 그러나 간혹 후자도 있었다. 후자는 술보다 대화를 더 좋아했다. 여자는 그들과 대화를 나누는 것이 좋았다. 더 많은 이야기에 공감하기 위해 여자는 시집을 읽었다. 어려운 시가 아니라 쉽고 감동적인 시를 읽었다. 여자는 인간에게서 실망하고 인간이 지은 책에서 위로받았다. 자신의 삶이 크게 어긋났다고 생각하지는 않았다. 하늘에 떠 있는 별들의 눈으로 보면 세상 사람 모두 비슷비슷하게 보일 것이었다. 별은 옳다 그르다 판단하지 않고 세상을 고루 비추고 있었다. 별이 보기에 서로에게 손가락질하는 동물은 인간이라는 종 하나뿐이었다.

여자는 무테와 전화를 끊고 옷장을 열어보았다. 십몇 년 만의 모임에 입고 갈 만한 옷이 없었다. 몸매를 드러내거나 직업을 짐작케 하는 화려한 색상의 옷들뿐이었다. 여자는 고상하고 단정한 옷을 사러 백화점에 갔다. 누구보다 고준에게 멋져 보이고 싶었다. 고준과 헤어지던 당시의 여자는 원망과 분노로 똘똘 뭉쳐 있었다. 여자는 이제 달라져 있었다. 무엇이 달라졌는지 설명하기 어렵지만 일단 고준을 만나고자 하는 마음으로 바뀌어 있었다. 그러나 부푼 마음으로 찾아간 백화점의 모피 매장에서 여자는 술집 여급이 되어버린 자신의 실체를 발견했다. 아르바이트를 하던 학생 시절의 빛나는 젊음은 온데간데없고 짙은 화장으로 가린 기미와 염색으로 푸석해진 머리가 백색 조명 아래 적나라했다.

여자는 매장에서 모피를 입고 있는 올림머리 여자를 보고 기가 죽었다. 그녀는 키가 백육십삼 센티미터로 여자와 비슷했지만 얼굴이 희고 목이 길어서 우아해 보였다. 남편의 사랑스러운 눈길을 받아서인지 더욱 아름다워 보였다. 여자도 그 옷을 입으면 고상해 보일 것 같았다. 다른 매장을 둘러볼 것도 없이 여자는 직원에게 똑같은 옷이 있는지 물었다. 직원은 한 벌 뿐이라고 했다. 여자는 초조해했지만 다행히 올림머리 여자는 그 옷을 사지 않았다. 돈 문제로 다투던 부부가 떠난 뒤 여자는 밍크코트를 결재했다. 육 개월 할부였다. 그날부터 여자는 옷장을 뒤지기 시작했다. 모피 속에 받쳐 입을 옷을 고르기 위해서였다. 엉덩이 바로 밑까지 내려오는 아이보리 니트 원피스를 입고 모피를 걸치자 속에 입은 옷이 감쪽같이 사라졌다. 원피스의 길이가 모피와 같거나 짧아서 모피 외에는 아무것도 입지 않은 것 같았다. 마지막으로 신발장을 열고 구두를 골랐다. 올림머리 여자가 신었던 검정색 구두를 꺼냈다. 거울을 보고 머리를 돌돌 말아서 묶었더니 여자가 원하던 우아한 패션이 완성되었다. 여자는 만족했다.

바닥에서 올라오는 따뜻한 바람이 여자의 종아리를 부드럽게 핥았다. 몸이 노곤했다. 여자는 의자를 뒤로 젖히고 편안한 자세를 취했다. 버스의 리드미컬한 율동에 몸을 맡겼다. 최는 엄마를 보러간다는 여자에게 잘 다녀오라고 했다. 그 말에는 진정성이 없었다. 막차 시간이 임

박할 때까지 여자를 붙들고 있었기 때문이다. 여자는 택시를 타고 오는 내내 시간을 확인하며 최에게 저주를 퍼부었다. 여자는 이제 안전한 버스에 있었다. 그는 여자의 모피 할부금을 내줄 남자였다. 여자는 그를 용서하기로 했다. 엄마에게도 미안한 마음이 들었다. 엄마가 위독하지 않아서 다행이었다. 지금쯤 엄마는 24시 찜질방에서 이태리타월로 누군가의 때를 밀고 있을 것이었다. 우리 같은 사람들은 건강한 몸밖에 믿을 게 없어. 이 나이에도 다른 사람 때를 밀 수 있다는 걸 복으로 알아야 혀. 엄마의 말을 떠올리자 여자는 기분이 좋아졌고 어떤 행복감이 밀려왔다. 여자는 눈을 감고 잠을 청했다.

버스는 서서히 정적에 싸여갔다. 사람들은 팔을 뻗어 머리 위에서 조그맣게 빛나는 조명등을 껐다. 버스 안에는 남자와 여자의 조명등만이 남았다. 남자와 여자는 지금처럼 N시로 가는 버스를 같이 탄 적이 두어 번 더 있었다. 남자의 처가와 여자의 고향은 같은 도시에 있었다. 그중 한 번은 바로 옆자리에 앉아서 가기도 했다. 한 달 전 백화점의 모피 매장에서 만난 적도 있었다. 그러나 당시 두 사람은 하늘에 흩어진 수많은 별들처럼 묵묵히 자신의 궤도를 운행하고 있을 따름이었다. 이제 둘은 서로에게 중력을 주는 궤도로 진입하려 하고 있었다. 두 사람이 자신도 모르게 서로의 중력권 안으로 접어드는 사이 허상뿐인 뭇별들은 하나둘씩 잠에 빠져들었다.

베타 A 24"

남자는 눈을 감고 미용실 고객 명단을 뒤적였다. 의자 밑에서 눈을 마주친 여자는 낯이 익었다. 남자는 직업상 사람들의 머리를 관찰하는 습관이 있었다. 여자는 아내처럼 올림머리를 하고 있었다. 남자는 여자의 머리카락이 두어 가닥 흘러내린 것을 보았다. 빗이 있다면 삐져나온 머리카락을 한 올씩 잡아 올려 감쪽같이 감춰줄 텐데. 흐트러진 머리는 여자의 빈틈처럼 보였다. 화려하고 부유해 보이는 여자에게도 빈틈이 있다는 것이 내심 기뻤다.

아내의 콤플렉스는 고졸이라는 학력이었다.

대학 별거 아냐.

대학을 중퇴한 남자가 대수롭지 않게 말하면 아내는 파르르 성을 했다.

내가 지겹게 듣는 질문이 뭔지 알아? 대학은 어디 나왔냐는 질문이야. 거짓말하기도 지친다니까. 아무튼 누가 물어보면 디자인과 나왔다고 해.

남자는 정말 그런 질문을 받은 적이 있었다. 앞집에 사는 아기 엄마였다. 남자는 아내가 시킨 대로 대답했다. 아기 엄마는 어쩐지 패션 감각이 남다르다며 호들갑을 떨었다. 올림머리가 정말 잘 어울린다고 했을 때 남자는 자신이 아내의 패션을 완성한 것 같아서 자랑스러웠다.

아내 생각으로 기분이 좋아진 남자는 품 안의 비닐봉지를 더듬었다. 비닐 속에서 부드러운 촉감의 에나멜 구두가 만져졌다. 단단한 힐은 아내의 정강이 뼈 같았다. 구두를 만지다가 남자는 멈칫했다. 바로 그 여자였다. 백화점에서 만난 여자. 남자가 여자를 아내로 착각한 것도 무리가 아니었다. 두 여자는 쌍둥이처럼 체형이 비슷했다. 그들은 같은 날 같은 장소에서 같은 모피를 입었다. 백화점 모피 매장은 사람들로 북적댔다. 크리스마스 전날이었다. 아내는 원하던 모피를 입고 행복한 표정을 지었다. 아내가 남자의 팔짱을 끼자 남자는 세상을 다 얻은 것 같았다.

오빠, 모피 선물 고마워. 밥은 내가 살게.

아내의 비음을 들으며 남자는 카드를 내밀었다. 그러나 결재 완료 창이 뜨지 않았다. 남자는 당황했고 아내는 기계가 잘못된 거 같다며 직원에게 짜증을 냈다. 직원은 카드를 들고 중앙 계산대로 뛰어갔다. 그때였다. 밝은 갈색으로 머리를 염색한 여자가 매장으로 들어왔다. 여자는 다른 직원에게 아내가 입고 있는 옷을 가리켰다. 직원은 하나뿐이니 잠시 기다리라고 했다. 여자는 아내 옆에서 먹이를 노리는 독수리처럼 서 있었다. 아내는 코트를 벗지 않고 버텼다. 직원이 헐레벌떡 뛰어왔다.

기계 잘못은 아닌 것 같아요. 다른 카드리더기도 거래 중지가 뜨더라구요.

아내는 얼굴을 붉히며 남자를 째려봤다. 남자는 아내의 시선을 피하며 카드를 돌려받았다. 남자는 이제 끝이라고 생각했다. 그나마 온전했던 은행의 신용마저 바닥에 떨어졌다. 아내는 입고 있던 모피를 활활 벗어던졌다. 기다리고 있던 여자가 그 옷을 냉큼 받아들었다. 코트는 여자에게도 잘 어울렸다. 아내는 눈을 가늘게 뜨고 위아래로 훑었다.

어깨가 장난 아니구만, 옷이 찢어지지 않는 게 기적이네.

남자는 남을 험담하는 아내의 모습이 낯설었다. 아내는 누구를 비난하는 성격이 아니었다. 남자는 미안한 마음이 들어서 아내의 손을 잡았다.

가자, 다음에 꼭 사줄게.

아내는 남자의 손을 뿌리치고 총총걸음으로 매장을 빠져나갔다. 남자는 아내를 부르며 쫓아갔다. 아내는 크리스마스 캐럴이 울려 퍼지는 거리에 남자를 남겨두고 떠났다. 남자는 쏟아지는 눈을 맞으며 우두커니 서 있었다. 지진이라도 났으면. 그래서 다시 한번 책이 쏟아져 내려 머리를 강타했으면. 눈썹이 아니라 이번에는 숨골에 명중해서 영원히 잠들었으면. 시린 발끝으로 서 있는 남자 앞으로 연인들이 쌍쌍이 지나갔다. 세상에서 가장 추운 성탄 전야가 지나고 있었다.

남자는 실눈으로 여자를 훔쳐보았다. 잠들었는지 가슴이 규칙적으로 오르내렸다. 여자의 두 손은 모피 위에 차분히 놓여 있었다. 가늘고 긴 손가락 끝에는 빨간 앵두가 알알이 매달려 있었다. 아이보리 니트 원피스 위에 같은 색깔의 진주목걸이가 반짝였다. 여자의 모든 것에서 돈 냄새가 났다. 남자는 아내의 모피를 입고 있는 여자에게 적개심이 들었다. 남자는 품 안에서 구두를 꺼냈다. 구두 앞코를 움켜쥐자 꼬챙이처럼 가늘고 뾰족한 구두굽이 망치가 되었다. 남자는 그 망치로 뭐든 한 대 내리치고 싶었다. 여자가 크게 심호흡하더니 통로 쪽으로 고개를 돌렸다.

터미널에 오기 전 남자는 신발장 뒤에서 아내의 빨간 에나멜 구두를 발견했다. 남자는 초저녁부터 술을 마시고 있었다. 평소에는 보이지 않던 것들이 술에 취하면 잘 보일 때가 있었다. 이성이 마비되고 시야가 좁아져서 한곳에 집중하기 때문이었다. 오늘이 그런 날이었다. 취한 남자의 눈에 앞으로 비스듬히 기운 신발장이 보였다. 남자는 무릎걸음으로 기어갔다. 그 틈에 아내가 그토록 찾던 구두 한 짝이 끼어 있었다. 아내는 구두를 찾으면 꼭 보내달라고 신신당부했다.

남자는 구두를 들고 창문을 열었다. 반지하의 창밖에 눈이 소복소복 쌓이고 있었다. 찬바람이 남자의 앞머리를 마구 흩뜨려놓았다. 머리를 마지막으로 자른 것이 언제였는지 기억나지 않았다. 반지하로 이사 온 뒤인지, 아내가 변호사를 만난 뒤인지, 이혼하자는 말을 들은 뒤인지…… 아내를 만나려면 산발한 머리부터 다듬어야 했다. 남자는 가위를 들고 화장실 거울 앞에 섰다. 취기 때문에 다리가 자꾸 비틀거렸다. 거울 속 얼굴이 둘로 셋으로 분열됐다. 남자는 싹둑 가위질을 했다. 머리카락이 이마 위에서 잘려나갔다. 너무 짧았다. 눈썹 위의 흉터가 고스란히 드러났다. 아내는 오톨도톨한 그 상처에 입술 도장을 찍어주곤 했다. 남자는 아내의 입맞춤이 간절해졌다. 남자는 밑단이 짱짱하게 밴딩 처리된 점퍼를 걸쳤다. 구두를 검은 비닐봉지에 넣고 점퍼 안에 소중히 품었다. 서둘러 현관문을 나오는 남자의 발에 채인 소주병이 와르르 무너졌다.

남자는 구두를 움켜쥔 손을 풀었다. 구두는 다시 아내의 정강이뼈가 되었다. 뺨을 갖다 댔다. 남자는 눈을 감고 코를 벌름거렸다. 남자의 행동은 변태처럼 보였다. 아내는 합의이혼이 어렵게 되자 이혼소송을 걸고 남자의 접근금지 신청서를 제출했다. 아내의 이혼소송 사유는 부부관계의 불이행이었다.

두세 달에 한 번꼴로 부부관계를 했어요. 전 아직 이십 대예요. 젊은 아내를 방치했으니 당연 이혼감이죠.

아내와는 열 살 차이가 났지만 남자도 한창 나이인 삼십 대였다. 남자는 매순간 아내를 품고 싶어 한곳으로 피가 쏠리곤 했다. 그러나 잠자리의 원칙은 아내가 정했다. 아내는 갖고 싶은 구두를 소유해야 정신적으로 충만해진다고 했다. 자신의 욕망 때문에 아내를 잃을까 봐 남자는 인내했다. 남자는 좋아하는 담배도 줄여가며 알뜰히 저축하여 아내에게 구두를 사주었다. 두세 달에 한 번이라도 아내를 안을 수 있다는 사실에 만족했다. 그런데 부부관계 불이행이라니. 그러나 판사 앞에서 진실을 말하지 못했다. 남자의 순수하고 진실한 사랑을 이해하지 못할 게 뻔했다. 남자는 입을 다물었다. 아내의 빨간 에나멜 구두와 변호사의 반질반질한 로퍼가 나란히 법정을 빠져나갔다.

남자는 구두를 비닐봉지에 넣었다. 구두에 흠집이라도 생길까 봐 단단히 입구를 묶었다. 바람이 가득 든 봉지를 껴안자 마치 아내를 안은 것처럼 가슴이 떨렸다. 남자는 흔들리는 버스에 몸을 맡기고 흩어지려는 기억의 조각을 모았다. 기억 속의 감각은 늘 어제일인 듯 생생했다. 남자의 눈이 스스로 감겼다.

베타 B 24″

깊은 잠 속으로 빠져들던 여자는 수상쩍은 소리에 눈을 떴다. 자루 속에 든 곡식이 한꺼번에 쏟아지는 소리였다. 좀 더 크고 선명한 소리가 다시 들려왔다. 좌르륵, 좌르르륵.

여자는 눈을 떴다. 어디에서 나는 소리인지 궁금했다. 여자는 어두운 버스 안을 둘러보았다. 모두들 의자를 비스듬히 뉘고 깊이 잠들어 있었다. 옆자리의 남자는 머리를 가슴에 묻고 웅크린 자세로 자고 있었다. 여자는 소리의 실체를 확인하기 위해 허리를 굽혔다. 안전벨트 때문에 몸을 굽히기 어려웠다. 여자는 안전벨트를 풀고 상체를 숙여 바닥을 살폈다. 휴대폰 불빛으로 바닥을 비추는데 앞좌석 의자 밑에 검은 부츠가 달랑거렸다. 일고여덟 살 정도의 여자아이 발이었다. 여자는 아이의 발밑에서 뜻밖의 물체를 발견했다. 묽은 플레인 요구르트 같은 액체가 원반처럼 둥글게 펼쳐져 있었다. 방금 전까지 아이의 위장에서 연동 운동을 하던 음식물에서는 시큼하고 역겨운 냄새가 났다. 여자는 구역질이 나왔다. 여자는 대학 사학년 때의 악몽이 떠올랐다.

고준과 헤어진 아름다운 오월에 여자는 실연의 아픔 속에서 어린이집 실습을 나갔다. 여자는 아동학과였지만 평소에도 아이들을 좋아하지 않았다. 아이들은 주머니 속에 든 유리구슬 같았다. 하나하나는 투명하고 아름다운데 모였을 때는 정반대였다. 한꺼번에 수십 개가 담긴 주머니 속에서 구슬들은 요란하게 절그럭거렸다. 서로 부딪는 사이 구슬은 깨지고 찔리고 패였다. 슬픈 동화를 들으며 눈물짓던 아이가 급식시간에 친구를 때려 쌍코피를 냈다. 아이들은 얼굴을 때리며 싸웠다. 아프다고 울면서도 친구를 때리는 손을 멈추지 않았다. 원장은 싸움이 일어나지 않도록 한시도 아이들에게서 눈을 떼지 말라고 했다. 여자는 동시에 여러 명을 감시하는 일이 불가능하다고 말했다가 감점을 받았다.

그날은 수목원 현장학습을 가는 날이었다. 수목원 가는 길은 어떤 가수가 대학가요제에서 부른 노래처럼 돌고 돌아가는 길이었다. 아이들이 온전할 리 없었다. 네 살 남아를 기점으로 다섯 명이나 되는 아이들이 동시다발적으로 토했다. 소화되지 않은 밥알과 부패한 우유와 김밥 같은 걸쭉한 유동식이 여기저기에 쏟아졌다. 여자는 장갑을 끼고 희끄무레한 토사물을 치워나갔다. 다 치우고 일어서던 여자는 순간적으로 치밀어 오른 구역질을 참지 못하고 한 아이의 옷에 구토를 하고 말았다. 그것도 여자의 실습 점수에 감점 요인이 되었다. 여자는 평생 아이들의 뒤치다꺼리를 하며 감점 인생을 살고 싶지 않았다. 졸업을 하고 어린이집 근처에는 얼씬도 하지 않았다.

아이 엄마는 아이가 토한 걸 모르고 가늘게 코까지 골고 있었다. 여자는 앞좌석에 앉은 아이 엄마의 어깨를 톡톡 두들겼다. 비대한 몸집의 아이 엄마가 사납게 뒤를 돌아보았다. 여자는 아이의 발밑을 가리켰다.

애가 토했어요.

토사물을 발견한 아이 엄마가 아이의 등짝을 세게 후려쳤다.

그러니까 차 타기 전에 작작 먹으라고 했지!

아이는 울지 않았다. 매에 단련된 아이 같았다. 아이 엄마는 가방을 뒤적여 물티슈를 꺼내더니 아이에게 내밀었다. 아이가 멀뚱히 엄마를 바라보았다.

뭐해, 덮으라니까!

아이 엄마가 쏘아붙이자 아이는 물티슈를 토사물 위에 툭 떨어뜨렸다. 티슈는 토사물을 절반도 가리지 못했다. 아이 엄마는 아이의 머리를 쥐어박으며 티슈를 다시 건넸다. 아이는 또 매를 벌까 봐 의자에서 내려가 티슈 두 장으로 토사물을 은폐했다. 아이가 의자에 앉자 아이 엄마는 다시 눈을 붙이고 코를 골기 시작했다. 눈만 감으면 어디든 침대가 되는 둔중한 여자였다. 아이는 엄마를 한참 쳐다보더니 여자를 흘끗 돌아보았다. 눈동자에 여자에 대한 원망이 가득 담겨 있었다. 여자는 아이의 눈을 피하려고 자는 척했다.

여자 또한 엄마에게 멍이 들도록 맞던 시절이 있었다. 여자는 맞으면서도 엄마가 좋았다. 좋은 엄마든 나쁜 엄마든 있는 편이 훨씬 나았다. 어른이 되어 따져 물었을 때 엄마는 이렇게 말했다. 때리지 않고 너를 기를 여력이 없었어. 여자 혼자 애 키우기가 어디 쉽냐. 여자는 그때의 엄마 나이가 된 지금에야 엄마를 이해할 수 있었다. 하루 종일 일하느라 녹초가 되면 말로 타이를 힘조차 없다는 것을 말이다.

그 순간, 버스가 반원을 그리며 크게 돌았다. 꾹꾹 누르고 있던 음식물이 목구멍을 치받고 올라왔다. 금방이라도 토할 것 같았다. 여자는 가방 속을 뒤적여 비닐을 찾았지만 넣지 않은 것이 있을 리 없었다. 여자는 주위를 두리번거렸다. 옆에 앉은 남자가 검은 비닐봉지를 끌어안고 있었다. 그 안에 뭐가 들었든 일단 비닐봉지를 얻는 것이 중요했다. 여자는 남자의 팔을 잡고 다급하게 흔들었다.

베타 A 14″

남자는 몽롱한 의식 속에서 지구가 들썩이고 있음을 느꼈다. 남자는 두 살이었다. 두 살배기 남자를 둘러싸고 있는 세계는 커다란 종이박스였다. 남자는 거실에서 놀고 있었다. 남자의 어머니는 책을 담았던 커다란 종이박스를 앞뒤로 뚫어 터널을 만들어주었다. 남자가 까르륵거리며 터널로 기어들어갔을 때 집이 흔들리기 시작했다.

남자의 부모는 단독주택 이 층에서 전세를 살았다. 방과 거실과 부엌이 한 칸씩 있던 집이었다. 남자 아버지가 책을 파는 외판원이어서 거실 한쪽 벽은 책으로 가득 차 있었다. 남자 어머니는 지진을 처음 겪어본 사람이었다. 집이 흔들리자 그녀는 조립식으로 지어진 이 층 벽이 수명을 다한 것이라고 생각했다. 방세를 올려준 지 한 달도 되지 않았다는 것이 그녀의 분노를 키웠다. 다혈질인 그녀는 터널 속에 남자를 남겨놓고 씩씩거리며 아래층으로 내려갔다.

지진은 오후 6시 21분 12초부터 24분 21초까지 3분 9초 동안 이어졌다. 남자는 상자가 흔들리기만 할 뿐 까꿍 소리가 나지 않자 터널 속에서 엉금엉금 기어 나왔다. 남자가 상자 밖으로 고개를 내미는 순간 책장이 기우뚱하더니 책이 와르르 쏟아져내렸다. 양장본으로 된 책 하나가 남자의 왼쪽 눈썹 위를 강타했다. 나중에 남자의 어머니가 확인한 바로는 찰스 디킨스의 『위대한 유산』이었다. 남자는 눈썹이 찢기고 뼈가 드러났다. 남자 어머니가 올렸던 방세를 원위치로 돌려놓고 올라왔을 때 남자는 의식을 잃고 누워 있었다. 응급실에 실려가 상처를 꿰맸다. 듬성듬성 꿰맨 수술 자국은 새살이 돋으며 흉측해졌다.

1978년에 있었던 진도 5.0의 지진은 건물파손 118동, 건물균열 846개소, 성곽 25미터 파손, 학교 9개교 49교실 파손 등 3억 원의 재산 피해를 냈다. 남자의 부상은 지진 통계에 잡히지 않았다. 공식적인 부상자는 두 명이었다. 사주나 이름처럼 얼굴의 흉터는 평생 남자를 따라다녔다. 그야말로 위대한 유산이 아닐 수 없었다. 한 시인은 흔들리며 피지 않는 꽃이 없다고 노래했지만 바람의 세기에 따라 버틸 수 있는 한계치가 다른 법이었다. 남자에게 불어온 바람은 진도 5.0의 강풍이었다. 남자는 그 강풍을 정통으로 맞았다. 눈썹의 흉터는 시작일 뿐이었다. 작은 불운은 큰 불운을 연쇄적으로 몰고 왔다.

남자는 지진의 충격 때문인지 병치레가 잦았다. 깜짝깜짝 놀랐고 심약했으며 발육이 늦었다. 남자의 중학교 때 별명은 왕꿈틀이였다. 친구들은 젤리 형태로 만들어진 과자를 눈앞에서 흔들며 남자를 놀려댔다. 벌레처럼 기어보라고 교실 바닥에 넘어뜨리기도 했다. 전학이 잦았던 남자에게는 같은 편이 되어줄 친구가 없었다. 고등학교에 들어갔을 때 아버지에게 사기를 당한 사람들이 집으로 찾아왔다. 아버지는 배상금을 마련하지 못했다. 아버지가 사기혐의로 교도소에 들어가자 남자는 사실상 가장이 되었다. 남자는 방과 후 동네미용실에서 일을 배웠다. 아버지는 이 년 뒤에 풀려났지만 무언가를 도모하려 하지 않았다. 배터리가 나간 사람 같았다.

남자는 인생이 세트메뉴 같다고 생각했다. 남자의 인생은 태어날 때부터 저렴한 메뉴로 세팅되어 있었다. 부모와 직업과 아내, 모두 부실했다. 누가 그렇게 세팅한 걸까. 그게 신이라면 쫓아가서 바꿔달라고 떼를 쓰고 싶었다. 아내가 떠나고 남자는 방문을 닫아걸고 술을 마셨다. 방은 아늑한 자궁 같았다. 남자는 엄마의 뱃속으로 다시 돌아가고 싶었다. 태어나지 않았으면 했다. 남자는 엄마의 따뜻한 양수 속에서 손가락을 빨고 있었다. 갑자기 자궁이 흔들렸다. 눈을 뜨니 상자로 만든 터널 속이었다. 남자는 몸을 낮추고 터널 속에서 기다렸다. 여진은 계속되었다. 남자는 비닐봉지를 더욱 단단히 끌어안았다. 비닐봉지는 단단한 문고리였다. 문을 닫고 있으면 안전했다. 세상으로부터 온전히 자신을 지킬 수 있었다.

아줌마, 여기 껌.

아이는 존칭을 생략해버렸다. 누굴까? 저 목소리는. 어린 나일까?

요, 자를 붙이라고 몇 번을 말하니?

엄마가 꾸짖었다. 남자의 삶은 계속 흔들렸다. 여진餘震인줄 알았던 흔들림은 전진前震이었다. 남자는 미래가 두려워졌다.

택배로 보내지 왜 왔어?

아내가 앙칼지게 쏘아붙였다. 남자를 세워두고 아내는 쾅 소리가 나게 대문을 닫았다. 남자는 다시 혼자가 되었다. 터널이 무너질 듯 흔들렸다. 남자는 다시 꿈속으로 달아났다.

오빠, 내가 떠나줄게. 내 낭비벽이 문제야.

남자는 자책하는 아내 때문에 마음이 아팠다. 남자는 품에서 꺼낸 따뜻한 구두를 아내의 발에 신겨주었다.

여보, 구두 가져왔어.

아내는 남자의 머리를 가만히 안아주었다. 남자는 그 꿈에서 깨고 싶지 않았다. 마침내 여진이 멈췄다. 그악스레 남자를 흔들어대던 손이 떨어져나갔다.

베타 B 14″

고마워.

여자는 아이가 내민 풍선껌을 입안에 넣고 씹었다. 진심으로 아이가 고마웠다. 아이는 뒤를 보고 앉아서 여자를 향해 풍선껌을 불었다. 껌은 크게 부풀더니 펑 소리와 함께 터져 아이의 코와 입 주변에 찰싹 달라붙었다. 아이는 달라붙은 껌을 손으로 떼어내 의자 등받이에 문질렀다. 여자는 인상을 찌푸렸다. 아이가 혀를 쏙 내밀더니 돌아앉았다. 아이들 속에는 천사와 악마가 공존한다는 사실을 깜빡 잊었다. 아이가 손으로 만지작거렸을 껌의 첫맛은 짜고 끝맛은 달콤했다. 여자의 헛구역질은 가까스로 멎었다.

이번엔 요의였다. 여자는 오줌을 참느라 다리를 꼬고 몸을 비틀었다. 최의 오피스텔에서 여자는 땀을 많이 흘렸고 생수를 계속 마셨다. 화장실에 갈 시간이 없어서 물을 비우지 않고 버스를 탄 것이 문제였다. 여자는 요의를 참느라 창문 쪽으로 고개를 돌렸다. 어둠이 검은 수은막이 되어 버스 안을 되비치고 있었다. 창가에 앉은 남자는 고개를 묻고 꿈이라도 꾸는지 나지막하게 신음을 내뱉었다. 유리창에 여자의 얼굴이 나타났다. 여자가 얼굴을 찡그리자 미간에 세로주름이 잡혔다. 웃는 시늉을 하자 입 주위에 팔자주름이 생겼다. 거울은 거짓말을 하지 않았다. 여자는 고준을 만날 일에 점점 자신이 없어졌다.

저건 네 별이야, 리겔. 스스로 빛나는 푸른 별이고 태양보다 십이만 배 밝아.

고준이 오리온자리의 별 하나를 가리켰다. 태양보다 밝은 별을 선물받고 여자는 행복에 젖었다. 비로소 행복하다는 형용사의 의미를 알 것 같았다.

저건 나야. 너와 대각선 자리에 있는 붉은 별, 베텔게우스야. 언제나 널 지켜볼게.

고준이 제 목에 두른 목도리를 풀어 여자의 목에 둘러주었다. 따뜻했다. 학교 근처 공원에서 고준과 함께 별을 바라보는 일은 지루하지 않았다. 여자와 고준은 동아리의 공식 커플이었다. 고준은 고등학교 때부터 별을 보러 다녔다고 했다. 고준은 여자보다 별에 대해 아는 게 많았다. 여자는 고준의 설명을 들으며 붉은 별과 푸른 별이 서쪽으로 나란히 움직이는 것을 바라보았다. 별들이 머리 위에서 원을 그리며 일주운동을 하는 동안 이루어진 사랑은 신비로웠다. 여자의 입술에 붉은 별빛이 내려앉았다. 제우스가 백조로 몸을 바꿔 레다를 품듯 별빛은 여자의 목을 지나고 가슴에서 노닐다가 따뜻하고 깊은 샘으로 흘러들어갔다.

고향인 N시는 별이 많이 떴다. 여자는 학창시절 길을 걷다가도 습관적으로 하늘을 올려다보곤 했다. 그러나 서울에서는 밤하늘을 보지 않았다. 서울의 밤은 광해로 인해 별빛이 빛나지 않았다. 여자는 종종 별이 보고 싶었다. 강남의 술집 복장 심사에서 탈락한 날도 그랬다. 몸매에 대해서는 자신이 있었는데 다섯 살 어린 대학생에게 밀리고 말았다. 처음으로 어린 여자에게 밀린 날, 매번 밀릴 수 있다는 위기감이 들었다. 여자는 고개를 들고 리겔을 찾아보았다. 여전히 태양보다 밝은지 궁금했다. 밤하늘은 매연과 뿌연 스모그로 가득 차 있었다. 여자는 리겔을 보러 천문대로 찾아갔다. 경기도 양주에 있는 천문대였다. 천문대 직원은 베텔게우스가 변광성이라고 말해주었다.

리겔이 가장 밝은 별이긴 하지만 베텔게우스의 변화에 따라 리겔이 어두워지기도 합니다. 둘의 별빛이 상대적이니 가까이 하기에는 너무 먼 사이라고 할까요?

직원이 농담 섞어 말했다. 여자는 베텔게우스의 변화에 따라 리겔이 밝아지거나 어두워진다는 사실을 처음 알았다. 고준의 별이 내내 밝으면 자신은 빛을 잃고 지낼 수도 있었다. 별은 푸를수록 뜨겁고 붉을수록 차갑다고 했다. 자신은 순간의 사랑에 목매는 뜨거운 별이었고 고준은 미래를 내다보는 차가운 별이었다. 도서관에서 공부할 때도 여자는 고준의 얼굴만 바라보았고 고준은 책에서 눈을 떼지 않았다. 둘은 평화롭게 운행하는 별이 될 수 없는 사이였다. 여자는 그곳에서 비로소 고준의 마음을 짐작할 수 있었다.

버스는 시속 120킬로미터로 달렸다. 버스가 급가속을 할 때마다 차체가 덜컹거렸다. 여자의 다리 사이에서 소변이 조금씩 비어져 나왔다. 여자는 다리를 꼬고 좌석의 팔걸이를 짚으며 천천히 통로를 걸어 나갔다. 버스 등받이에 눌려 헐거워진 머리핀이 바닥으로 툭 떨어지며 여자의 갈색 머리가 폭포수처럼 쏟아져 내렸다.

기사님, 휴게소에서 잠깐만 세워주세요!

기사는 룸미러를 통해 여자를 바라보았다. 사색이 된 여자의 얼굴이 룸미러를 가득 채웠다. 엄마가 위독하다던 올림머리 여자였다. 아니 올림머리가 아니었다. 갈색 머리가 검은 모피 위에서 물결치고 있었다. 여자의 갈색 머리를 본 순간 헐거워진 나사가 맹렬하게 흔들렸다. 그는 까맣게 잊고 있던 만화영화를 떠올렸다. 메텔이었다. 메텔이 그에게 버스를 세우라고 명령하고 있었다. 기사의 머릿속이 다시 자우룩해졌다.

날개, 델타

기사는 한때 메텔에게 푹 빠져 있었다. 〈은하철도 999〉는 매주 일요일 아침에 방영되었다. 그는 일요일 아침을 손꼽아 기다렸다. 초등학교 오학년인 그가 이해하기 어려운 내용도 있었지만 메텔의 검고 긴 속

눈썹을 보고 있으면 궁금증도 사라졌다. 그의 눈에 메텔처럼 예쁜 여자는 없었고 메텔처럼 천사 같은 여자도 없었다. 사랑의 끝은 잔인했다. 육학년 겨울방학이 되자 아버지가 텔레비전 시청을 금지했다. 아버지는 텔레비전을 다락으로 올려버렸다. 그는 메텔과 마지막 인사도 나누지 못했다. 메텔은 엄마이자 누나였다. 사랑의 상실은 분노와 반항으로 나타났다.

아버지는 자식 교육에 있어 기본 매뉴얼을 갖고 있는 사람이었다. 그는 분침과 시침을 쪼개어 자식들의 생활계획표를 작성했다. 약속을 어기면 체벌로 다스렸다. 그 방식으로 두 형을 의대에 보냈다. 그는 아버지 뜻에 따르지 않았다. 수업시간에는 엎드려 있었고 시험기간에는 만화책만 봤다. 성적도 최하위에 머물렀다.

바지 걷어 올려.

종아리의 실핏줄이 터지며 검붉은 가로줄이 새겨졌다. 그런다고 공부할 그가 아니었다. 메텔을 빼앗아간 아버지도 실패를 맛보는 것이 당연했다. 공부와 담을 쌓고 친구들과 어울려 다니다가 밤이 되어 돌아왔다. 오기를 부릴수록 체벌의 강도가 세졌고 그의 성적도 하락했다.

아이들을 잘 길러줘요.

어머니를 사랑했던 아버지는 그녀의 유언을 지키지 못했다는 자괴감에 빠졌다. 잘 길러달라는 말의 의미를 아버지는 곡해했다. 아버지가 만화를 보았다면 어머니 유언을 달리 해석했을 것이다. 기사는 안드로메다 프로메슘 행성에서 스스로 목숨을 끊는 기계인간들을 보았다. 삶의 목표가 기계인간이었던 사람들의 최후였다. 영원한 것을 얻으려는 욕심이 그들을 죽음으로 몰아갔다. 아버지는 그가 미래를 위해 기계처럼 공부하길 원했다. 그러나 그것이 인생을 사막으로 만든다는 것을 아버지는 모르고 있었다.

기사가 전문대에 입학하자 아버지의 삶도 멈추었다. 실패작인 그를 지켜보는 일이 가슴 아팠던 아버지는 퇴직금을 들고 필리핀으로 갔다. 기사는 같이 살자는 형들의 제안을 거절하고 아버지가 남기고 간 주택에서 살았다. 술을 많이 마시고 잔 다음 날, 기사는 머리가 아파서 잠을 깼다. 창밖은 짙푸른 녹음이 한창이었다. 화창한 여름 아침이 밝았다. 열린 문안으로 자동차의 경적과 아이들이 노는 소리와 과일을 파는 확성기의 소음이 들려왔다. 평화로운 일상 속에 무언가 빠져 있었다. 문득 아버지가 그리웠다. 오전 강의를 빼고 그는 학교와 반대 방향으로 가는 버스를 탔다. 버스에서 내리자 새소리가 들려왔다. 산의 정상에 올라 산 아래를 내려다봤다. 세상은 고요했고 하나의 풍경에 지나지 않았다. 산 아래에는 열세 살 소년에게서 텔레비전을 빼앗는 무수한 아버지가 살고 있었다. 소년들은 자라고 아버지들은 늙어간다. 그 소년들이 자라서 아버지가 되고 아들의 텔레비전을 빼앗는다. 세대교체의 무한

반복 속에서 그도 곧 아버지가 될 터였다. 아버지와 불화했던 날들을 떠올렸다. 세상에 존재하지 않는 메텔로 인해 아버지를 잃었다는 자각이 들었다. 그는 가방에 넣고 다니던 만화책을 꺼내 벼랑 밑으로 던졌다. 그렇게 메텔을 떠나보냈다.

기사는 안개를 흩뜨렸다. 메텔을 좋아하던 시절로 돌아가기에는 이미 늦었다. 기사는 톱니의 나사를 조이며 단호하게 말했다.

들어가세요, 고속버스는 택시가 아닙니다.

N시까지 가는 노선은 휴게소에 들르지 않는다. 여자를 위해 휴게소에 들르면 도착 시간에서 그만큼 멀어진다. 기사는 버스 운전석 왼쪽 문에 붙여놓은 버스운행 시간표를 쳐다봤다. 그의 사전에 출발 시각과 도착 시간은 한 치의 오차도 없어야 했다. 여자 때문에 늦어질 뻔했다는 생각만으로도 얼굴이 굳어졌다. 그는 마음 깊은 곳으로부터 내밀한 분노가 솟아오르는 것을 느꼈다.

기사는 나이가 들면서 아버지를 닮아가고 있는 자신을 발견했다. 아버지의 유전자는 해가 갈수록 완벽해졌다. 아버지의 쓸쓸했던 삶을 이해한다는 것은 아버지를 닮아간다는 것이었다. 그는 착실하게 경력을 쌓아 고속버스기사가 되었다. 그는 점점 피곤한 스타일이 되어갔다. 그와 아내의 사이도 조금씩 벌어졌다. 두 사람은 오차를 좁히지 못해 자주 싸웠다. 어느 날 아내는 창밖에 눈이 내리는 것을 보았다. 아내는 반찬거리를 사러 마트에 다녀오자고 했다. 나중에 아내가 눈물을 뿌리며 그에게 항변한 바에 따르면 그 말은 데이트하자는 뜻이라고 했다. 그는 부식을 사러 가는 목적이 어떻게 데이트로 바뀔 수 있는지 아직도 이해가 되지 않는다. 그는 방수 잠바를 걸치고 집을 나섰다. 인근의 마트는 두 군데였다. 하나는 눈을 맞지 않고 지하도로 갈 수 있는 A마트였고 다른 하나는 눈을 맞으며 걸어야 하는 B마트였다.

기사는 집 앞에서 아내를 잠시 기다렸다. 시간이 핑핑 돌아가고 있었다. 그는 아내가 곧 따라올 거라 생각하고 자연스레 지하도로 내려갔다. 한번 걷기 시작하자 걸음을 멈출 수 없었다. 그는 일정한 보폭으로 걸어 A마트에 도착했다. 목도리까지 챙겨 두르느라 오 분 정도 늦게 나온 아내는 문 앞에서부터 난감해졌다. 남편의 모습이 어디에도 보이지 않았다. 아내는 펑펑 쏟아지는 눈을 맞으며 곧장 걷기 시작했다. 데이트는 돌아올 때 하자고 스스로 위로했다.

그날 둘은 장을 보지 못했다. 그는 B마트에 간 아내를 이해할 수 없었다.

어떻게 이 눈을 맞고 걸어갈 생각을 했지?

아내는 남편과 마음이 통하지 않아서 우울해졌다.

지하에는 눈이 내리지 않잖아. 오늘은 눈이 와서 마트에 가기로 한 거라구.

그는 우는 아내가 보기 싫어 방문을 쾅 닫아버렸다. 아무것도 아닌 일에 질질 짜는 여자인 줄 몰랐다. 그는 투덜거렸지만 정작 아내를 처음 만난 날 눈물을 흘린 사람은 그였다. 그가 택시 운전을 하던 시절이었다. 그날 저녁 술 취한 손님과 시비가 붙어 둘 다 얼굴이 엉망이 되었다. 경찰서에 가서 사건 경위를 말하는 동안 그는 내내 죄인 취급을 당했다. 운전기사라는 직업 때문이었다. 누구도 그의 편이 되어주지 않았다. 손님 가족들이 떼로 몰려와 그를 드잡이했다. 그의 형들은 동생이 창피했는지 찾아오지 않았다. 아내는 경찰서에서 경리를 보고 있었다. 그를 지켜보던 아내가 다가와 티슈를 내밀었다. 그가 가만히 있자 손수 피 묻은 얼굴을 닦아주었다. 그는 아이처럼 눈물을 쏟았다. 억울한 마음이 한꺼번에 눈물로 쏟아졌다. 그는 아내에게서 모성애를 느꼈다. 아내는 나중에 그와 결혼한 이유에 대해 이렇게 말했다. 그렇게 우는 남자는 처음 봤어요. 물기가 많은 사람 중에 나쁜 사람은 없거든요.

싸겠다구요!

생각에 빠져 있던 기사는 놀라자빠질 뻔했다. 여자는 모피코트까지 챙겨 입고 출입문의 계단에 내려서 있었다. 문을 열어주지 않으면 계단에 쪼그리고 앉아서 일을 치를 기세였다. 기사는 한 번만이라고 생각했다. 전방에 휴게소를 알리는 이정표가 나타났다. 화물차 기사들이 하룻밤 머물기 위해 들르는 작은 휴게소였다. 그는 오른쪽 깜빡이를 켜고 휴게소로 진입했다.

베타 A 4″

차는 요란하게 몸을 떨고 진동을 멈추었다. 남자는 눈을 떴다. 옆자리가 텅 비어 있었다. 남자의 머릿속에 찬물 한 바가지가 끼얹어졌다. 남자는 정신이 번쩍 들었다. 옆자리의 여자가 모피코트를 입고 사라진 뒤였다. 남자는 다급해졌다. 모피의 원래 주인은 아내였다. 아내가 먼저 점찍은 옷이니까 아내에게 줘야 마땅했다. 결제만 됐으면 지금쯤 아내의 몸을 감싸고 있을 옷이었다. 늦지 않았다. 모피코트를 아내에게 돌려주면 아내는 다시 돌아올 것이었다.

남자는 구두를 점퍼 안쪽에 밀어 넣고 일어섰다. 잠이 덜 깨 몽롱한 정신으로 남자는 걸어 나갔다. 남자가 비틀거리다가 어깨를 치는 바람에 승객 몇몇이 이맛살을 찌푸렸다. 기사는 남자를 보지 못했다. 늦어진 시간을 보충하려면 시속 몇 킬로미터로 달려야 하는지 계산하고 있었다. 기사는 남자가 버스에서 내릴 때에야 남자를 알아보았다.

이봐요, 당신은 또 어디 가!

기사의 외침을 남자는 못 들은 것 같았다. 사실 남자의 귀에는 기사의 목소리가 들리지 않았다. 벌판을 달려온 바람소리가 귓전을 때렸다. 눈발이 미친 듯 남자에게 달려들었다. 남자의 머리카락이 펄럭이고 마른 몸은 휘청거렸다. 자정의 휴게소는 낮과 다른 얼굴을 하고 있었다. 눈이 쌓인 주차장에 화물트럭들이 웅크린 채 잠들어 있었다. 남자는 바람을 맞으며 불을 밝히고 있는 화장실을 향해 걸어갔다. 남자를 비추던 버스의 전조등이 꺼졌다.

여자는 남자에 앞서 화장실에 도착했다. 여자는 열려 있는 문으로 급히 뛰어 들어갔다. 그러나 팬티를 내리기도 전에 방광이 열렸고 오줌을 지리고 말았다. 팬티가 젖어 축축했다. 여자의 백 속에는 항상 여분의 팬티가 준비되어 있었지만 오피스텔에서 이미 갈아입은 후였다. 여자는 팬티를 돌돌 말아 휴지통에 버렸다. 달리 방법이 없었다. 팬티스타킹을 허리까지 끌어올리고 앙고라 니트 원피스를 허벅지 밑으로 잡아당겼다. 그 바람에 모피가 바닥에 끌렸다.

남자가 소변을 보고 있을 때 여자화장실에서 물 내리는 소리가 들렸다. 남자는 바지를 올리고 귀를 기울였다. 물소리가 들리고도 한참이 지났는데 여자가 나오지 않았다. 남자는 전면에 붙어 있는 거울을 뚫어져라 노려보았다. 술이 덜 깼는지 거울 속의 남자가 둘이 되었다. 남자의 흉터도 덩달아 꿈틀거렸다. 남자는 머리카락에 물을 발라 이마에 붙였다. 점퍼 앞자락에 허연 얼룩이 말라붙어 있었다. 남자는 아내에게 말끔한 모습을 보여주고 싶었다. 남자는 세면대에 물을 받아 얼룩을 지웠다. 점퍼 앞자락이 흥건하게 젖었다. 여자화장실에서 무슨 소리가 들렸다. 남자는 얼룩을 지우다 말고 귀를 쫑긋 세웠다. 여자가 화장실에서 나온 모양이었다. 소리의 정체는 손의 물기를 말리는 송풍기 소리였다. 남자는 주머니 속 칼을 더듬었다. 여자가 모피를 빼앗기지 않으려고 반항하면 여자의 목을 조르고 위협할 생각이었다. 남자는 수도꼭지를 힘주어 잠갔다.

남자는 숨을 죽이고 여자화장실 안으로 들어갔다. 여자가 등을 보인 채 송풍기 앞에 서 있었다. 여자는 모피에 묻은 물기를 말리고 있었다. 바람소리가 화장실 안을 가득 채웠다. 여자는 털을 말리는데 온통 정신이 팔려 있었다. 남자는 순간적인 힘으로 여자를 밀치고 모피를 낚아챘다. 여자는 비명을 질렀다. 여자는 모피를 놓지 않으려고 질질 끌려왔다. 찰거머리 같았다. 남자는 돌아서서 주머니 속의 커터 칼을 여자 앞에 들이밀었다. 여자가 모피를 놓고 비명을 질렀다. 남자는 후다닥 화장실을 뛰쳐나갔다.

여자는 떨리는 가슴을 진정시키며 밖으로 나왔다. 여자의 모피를 가져간 도둑은 자취를 감추고 사라져버렸다. 남자가 어디로 가버렸는지 짐작할 수 없었다. 주차장에는 고속버스가 미등을 켠 채 기다리고 있었고 간이매점 뒤편으로는 펜스가 둘러쳐져 있었다. 남자가 모피를 노렸다면 버스에는 오르지 않았을 것이다. 여자는 고개를 숙이고 남자의 발자국을 추적했다. 쌓인 눈 위에 남자의 운동화 발자국이 도장처럼 찍혀 있었다. 발자국은 간이매점 뒤쪽 펜스로 이어져 있었다. 건물 뒤편은 캄캄했다.

남자는 가슴에 품은 구두가 점퍼 밑단으로 빠져나가지 않도록 옷을 단단히 여몄다. 자유로워진 손으로 모피를 들고 남자는 철제 펜스를 타넘었다. 펜스 바깥쪽은 비탈이었다. 눈이 쌓인 비탈에 미끄러지며 남자는 두어 바퀴 굴렀다. 남자는 모피코트와 하나가 되어 비탈을 내려갔다. 비탈이 끝나자 벌판이었다. 추수를 마친 벌판에는 아무도 밟지 않은 눈이 발목까지 쌓여 있었다. 멀리 벌판의 끝을 횡으로 가로지르며 뻗어나간 길에 가로등이 노랗게 어둠을 밝히고 있었다. 간이정류장으로 보이는 그곳을 향해 남자는 발을 떼어놓았다.

여자는 철제 펜스를 넘어 달아나는 남자를 목격했다. 여자는 펜스 앞에서 잠시 망설였다. 남자를 쫓아가다가 더 큰 봉변을 당할 수도 있었다. 남자는 칼을 갖고 있었다. 다른 무기가 더 있을 수도 있었다. 여자는 멀어지는 남자를 망연자실 바라보았다. 모피는 여자에게 남은 할부금을 조롱하며 어둠 속으로 사라져갔다.

여자는 모피코트를 사던 날이 생각났다. 여자보다 먼저 온 부부가 있었다. 남편은 앞머리가 수북하여 답답해 보이는 남자였고 아내는 발랄해 보이는 여자였다. 하고많은 모피 중에 하필 아내가 입고 있던 옷에 마음이 꽂혔을까. 그 옷은 남자의 아내에게 맞춤하게 잘 어울렸다. 군살 없이 잘빠진 몸매와 올림머리가 옷의 맵시를 더하고 있었다. 여자가 갖지 못한 우아함이었다. 여자는 아내에게서 그것을 취하고 싶었다. 여자는 오늘 올림머리를 했다. 자신이 아닌 듯 말이다. 그러므로 오늘 버스에 오른 여자는 이지영이 아니라 머리가 덥수룩한 남자의 아내였다. 자신은 모피의 주인이 아니었다. 여자는 돌아섰다. 핸드백 속에서 카톡 알림음이 울렸다.

– 오고 있냐?

무테였다. 여자는 무테의 말에 뭐라고 답할지 망설였다. 모피코트도 없이 니트 원피스만 입고 고준 앞에 나서기는 싫었다. 여자는 곱은 손으로 무테의 의중을 떠보았다.

– 다 모였니?

여자의 대답에 무테는 말을 아꼈다.

– 눈이 많이 와서…….

– 아직이구나?

– 오고 있을 거야.

여자는 휴대폰의 전원을 끄고 가방에 넣었다. 주어가 생략되었지만 여자는 알고 있었다. 고준이 아직 모임 장소인 천문대에 오지 않았다는 것을, 아주 오지 않을 수도 있다는 것을 말이다. 보고 싶다는 것도 여자를 참석시키기 위해 무테가 지어낸 말일 수 있었다. 무테가 원망스럽지는 않았다. 그것이 무테식 우정일 수 있으니까.

고준은 오지 않는다. 그럼 지금까지 난 무얼 한 거지? 고준에게 딱 한 번 예뻐 보이기 위해 모피를 구입했구나. 모피가 사라진 지금 여자가 할 일은 하나밖에 없었다. 할부금을 부으며 밍크에게서 빼앗은 시간만큼 빠르게 늙어가는 일이었다. 여자는 이정표를 잃은 사람처럼 우두커니 서 있었다. 어디로 가야 할까. N시로는 가고 싶지 않았다. 여자는 구두를 벗어들고 펜스 위로 올라갔다.

날개, 엡실론

기사는 돌아오지 않는 두 사람을 기다리다 버스에서 내렸다. 그는 여자화장실 앞에서 여자를 불렀다. 대답이 없었다. 남자화장실 역시 인기척이 없었다. 그는 여자화장실 문을 하나하나 열어보았다. 그는 세 번째 칸에서 여자 속옷을 발견했다. 레이스가 달린 속옷이었다. 그와 처음 잠을 잤던 여자도 레이스가 달린 속옷을 입고 있었다. 그는 휴지통에 버려진 레이스 속옷을 물끄러미 바라보았다. 그를 스쳐간 여자들이 차례차례 떠올랐다.

기사는 고요한 화장실에 멍하니 서 있었다. 시공을 초월한 세계에 홀로 동떨어진 기분이 들었다. 고속도로를 달리고 있을 시간에 그는 길 잃은 별이 되어 여자화장실 쓰레기통을 들여다보고 있었다. 시간의 구속에서 벗어나 적막한 화장실에 서 있는 자신이 낯설었지만 그냥 내버려두었다. 그는 쓰레기통 앞에서 아내의 속옷이 어땠는지 생각했다. 모양도 색깔도 끝내 기억나지 않았다. 그는 아내에게 조금 미안한 마음이 들었다.

기사는 밖으로 나왔다. 여자는 어디로 사라졌을까. 여자를 따라 나간 남자는 또 어디로 간 걸까. 그는 사라진 두 사람의 신원을 알 수 없었다. 그들이 사라진 지금 신원미상의 두 사람이 자신의 버스에 탑승했었다는 사실도 증명할 수 없었다. 둘 다 자취도 없이 홀연히 사라져버렸다. 그는 무엇에 홀린 것 같았다. 그는 화장실 앞에 어지럽게 찍힌 발자국을 발견했다. 발자국은 휴게소 주위를 맴돌다가 한곳으로 뻗어 있었다. 그는 발자국을 따라 펜스 쪽으로 걸어갔다. 펜스 바깥쪽은 넓은 벌판이었다. 벌판 너머는 산으로 가로막혀 있었고 하얀 산등성이가 길게 누워 있었다. 눈이 그친 하늘에는 별들이 총총 떠 있었다.

기사는 펜스 건너편 비탈이 엉망으로 뭉개진 것을 보았다. 커다랗고 둔중한 물체가 떨어진 흔적이었다. 남자가 여자를 끌고 갔다면 큰일이었다. 그는 경찰에 신고하려고 휴대폰을 꺼내들었다. 휴대폰 불빛이 비치자 발밑에서 무엇인가 반짝였다. 그는 쭈그리고 앉았다. 가느다란 금줄에 매달린 물방울 모양의 진주목걸이였다. 여자의 목에 걸려 있던 것이었다. 그는 목걸이를 손에 올려놓았다. 메텔의 목걸이처럼 아름다웠다. 그는 주머니 속에 목걸이를 집어넣었다. 엄연히 남의 물건이었다. 현금으로 차비를 받던 시절에도 그는 승객들의 돈을 십 원 한 장 빼돌린 적이 없었다. 헐거워진 톱니의 나사가 마침내 쑥 빠져나갔다.

'그게 뭐 어때서.'

그는 어깨를 한 번 으쓱해 보이고 휴대폰을 집어넣었다.

승객들은 따뜻한 온기 속에 잠들어 있었다. 그는 불편한 버스 안에서 깊이 잠들어 있는 사람들이 안쓰럽고 고마웠다. 그는 천천히 버스를 출발시켰다. 도착 시간에 맞추려고 액셀레이더를 밟는 일 따위는 하지 않았다. 차는 느릿느릿 달렸다. 아내와의 추억이 전조등 불빛 아래 환등기처럼 돌아갔다. 아내는 작은 시집 한 권에도 감동하는 여자였다. 장미 한 송이, 머리핀, 둥근 조약돌로도 아내를 기쁘게 할 수 있었다. 아이를 낳고 나이가 들면서 그의 생각은 점점 딱딱해졌다. 물처럼 유연했던 사고가 얼어붙어 어디에서든 각을 세웠다. 아이들은 그가 정한 규칙대로 움직여야 했다. 아버지의 전철을 밟고 있다는 것을 자신만 모르고 있었다. 그는 더 이상 책과 꽃과 머리핀과 조약돌을 집으로 가져오지 않았다.

버스는 과거로 달렸다.

그도 아내도 풋풋해진다. 젊은 그는 집에 돌아가 최초의 부수입을 아내의 목에 걸어준다.

나는 당신의 추억 속 여자일 뿐, 나는 당신의 마음속에 있는 청춘의 환영일 뿐…….*)

그는 아내의 말이 길어지기 전에 기차의 출발을 알린다.

"은하철도 777호에 탑승하심을 환영합니다. 지금부터 다시 여행을 시작하겠습니다."

"프러포즈예요? 이걸로는 안 되죠, 당신의 영혼을 녹인 목걸이를 가져오세요."

그는 사이다처럼 톡 쏜 아내의 투정이 몹시 그리웠다. 아무래도 오늘은 이상한 날이었다.

---

*) 애니메이션 〈은하철도 999〉 마지막 회. 메텔의 대사 인용.

베타 B 4″

여자는 펜스를 넘었다. 뛰어내리는 순간 부드러운 눈이 여자의 맨발에 닿았다. 눈의 부드러움은 이내 얼음송곳이 되어 발바닥을 찔렀다. 여자는 두어 발짝 걷다가 바닥에 주저앉았다. 발바닥에 묻은 눈을 떼어내고 손에 들고 있던 구두를 발에 꿰었다. 눈에 젖은 발이 구두 속으로 들어가지 않아서 여자는 애를 먹었다. 여자의 니트 원피스 엉덩이에 눈이 잔뜩 달라붙었다. 여자는 눈을 털어냈다. 손이 꽁꽁 얼어 감각이 없었다.

여자는 남자가 사라진 곳을 바라보았다. 남자는 넓게 펼쳐진 들판의 끝을 향해 걷고 있었다. 그곳에 마을로 이어진 길이 있었고 가로등이 노란 불을 밝히고 있었다. 여자는 걸음을 떼어놓았다. 발목까지 푹푹 빠졌으므로 구두는 신발의 기능을 하지 못했다. 구두가 눈 속에 파묻힐 때마다 얼음물에 담갔다 꺼내는 것처럼 동통이 느껴졌다. 여자는 이를 악물었다.

바람이 여자를 날려버릴 듯 달려들었다. 앙고라 니트 원피스는 바람을 막아주지 못했다. 수백 개의 바늘이 여자의 얼굴과 팔다리와 가슴에 날아와 박혔다. 여자는 팔짱을 끼고 날아드는 바늘에 대항했다. 추운 것인지 더운 것인지 가늠할 수 없는 열기가 온몸을 감쌌다. 풀어진 여자의 머리카락이 메두사의 머리처럼 펄럭였다. 여자는 남자가 들고 있는 모피코트가 간절해졌다. 남자는 어둠 속에서 한 개의 점이 되어 걸어가고 있었다. 그의 오른손에는 여자의 코트가 꽉 쥐어져 있을 터였다.

같이 가요!

귓전을 때리는 맹렬한 바람소리가 여자의 목소리를 지워버렸다.

남자는 짧은 단발마를 들은 것 같았다. 휘파람 같은 바람소리가 텅 빈 들판을 휘돌아 검은 밤하늘로 솟구쳤다. 두 번째 소리는 길게 이어졌다. 가아치 가요오오오오. 바람 속에 여자의 목소리가 섞여 있었다. 남자는 걸음을 멈추고 뒤를 돌아보았다. 하얀 점이 어두운 벌판 한가운데에서 우쭐거렸다.

바람이 남자의 등 뒤에서 불어왔다. 머리카락이 사정없이 얼굴을 때렸다. 남자는 눈을 가늘게 뜨고 하얀 점을 바라보았다. 흰 치마를 입은 여자가 머리를 풀어헤치고 걸어오고 있었다. 모피코트의 주인이었다. 바람이 한층 거세졌다. 선 채로 얼음기둥이 될 것 같았다. 귓바퀴의 피가 얼어붙으며 머리가 깨질 듯한 동통이 밀려왔다.

여자가 멈춰 섰다. 여자는 삿대질을 하며 뭐라고 소리를 질렀다. 눈을 한 움큼 집더니 남자에게 던졌다. 거리가 멀어 눈은 남자에게 한참 못 미친 자리에 떨어졌다. 여자가 다시 손가락질을 했다. 남자는 오른

손에 들고 있는 모피를 쳐다보았다. 여자가 가리키고 있는 것은 모피였다. 남자는 몸을 돌려 다시 달아나기 시작했다. 여자의 외침이 비명이 되어 날아들었지만 개의치 않았다.

남자가 다시 멀어져갔다. 여자는 바닥에 털썩 주저앉았다. 양손을 겨드랑이에 끼우고 여자는 하늘을 올려다보았다. 꽁꽁 얼어붙은 손가락은 겨드랑이의 온기로도 녹지 않았다. 손가락은 얼음이 박힌 것처럼 단단했다. 검은 밤하늘에 구름이 흘러가고 있었다. 바람은 하늘에도 불고 있었다. 솜털처럼 가늘게 퍼진 구름이 걷히자 별들이 한꺼번에 모습을 드러냈다. 여자는 추운 줄도 모르고 탄성을 질렀다. 별들은 일등성에서부터 잘 보이지 않는 작은 별들까지 빈틈없이 돋아나고 있었다. 세상에, 별들이 이렇게 많았다니. 여자는 추운 줄도 모르고 하늘을 우러렀다. 구름이 다시 몰려와 별들을 덮었다.

온몸이 사시나무처럼 떨리기 시작했다. 이대로는 얼어 죽을 것 같아 여자는 몸을 일으켰다. 가로등이 노랗게 빛나고 있는 곳이 여자가 가야 할 곳이었다. 그곳이 여자의 북극성이었다. 그곳에 가면 따뜻한 아랫목이 기다리고 있을 것처럼 여겨졌다. 여자는 힘겹게 걸음을 떼어놓았다. 푹푹 빠지며 땅만 보고 걸었다. 나중에는 무념무상의 상태가 되어 그저 걷기만 했다. 콧김이 얼어붙어 숨쉬기가 곤란할 무렵 남자가 여자의 앞을 막아섰다. 언제부터 기다리고 있었던 걸까. 남자는 여자의 어깨에 모피를 걸쳐주었다. 여자의 어깨에서 모피가 흘러내렸다. 손이 굳어 여자는 모피를 그러잡지 못했다. 남자가 모피를 다시 입히고 맨 위의 단추를 채웠다. 남자가 움직이자 여자도 뒤따라 움직였다. 남자와 여자는 간격을 유지한 채 묵묵히 걸었다.

두 사람이 당도한 곳은 인적이 끊긴 시골 길의 간이정류장이었다. 가로등 하나가 외로이 서서 제 발밑을 동그랗게 비추고 있었다. 플라스틱 구조물 안에는 긴 의자가 놓여 있었다. 여자가 먼저 의자에 앉았다. 여자의 맨다리는 붉게 얼어 터졌고 한쪽 신발은 구두굽이 부러져 높이가 맞지 않았다. 여자의 눈은 아무것도 보고 있지 않았다. 극도의 추위로부터 벗어나고 싶다는 간절함만이 동공에 가득했다. 남자는 여자 옆에 걸터앉았다. 둘 다 말이 없었다. 여자는 손이 시린지 입에 대고 입김을 불었다. 이대로는 동상에 걸리기 십상이었다. 남자는 여자의 손을 잡아 자신의 점퍼 안쪽으로 끌어 당겼다. 점퍼 안은 따뜻했다. 여자의 손은 남자의 품으로 좀 더 파고들었다. 여자의 손에서 바스락 소리가 났다. 소리는 비닐봉지에서 나는 소리였다. 남자는 잊고 있던 구두를 떠올렸다. 비닐봉지를 꺼내 구두굽이 부러진 여자의 신발을 벗기고 따뜻한 구두를 신겼다. 구두는 여자의 발에 꼭 맞았다.

누구…… 거예요?

여자가 얼어붙은 입술을 움직여 간신히 물었다.

아내…… 겁니다.

남자도 간신히 대답했다.

바로 온다던 콜택시는 오지 않았다. 밤이 깊었고 길은 미끄러웠다. 오지 않을 가능성이 컸다.

가요.

남자가 말했다.

어디로요?

어디로든요.

여자가 남자의 품에서 손을 빼냈다. 남자가 등을 내밀고 앉았다. 여자가 모피를 벗고 남자의 등에 업혔다. 남자는 포대기처럼 코트로 여자를 덮었다. 남자는 저 멀리 광해가 빛나는 쪽을 향해 걸었다. 다시 구름이 걷히며 별 하나가 돋아났다.

누구를 만나러 가던 길이었어요?

남자가 여자에게 물었다. 여자 목소리가 사뭇 떨리며 흘러나왔다.

첫사랑이요.

여자는 이제 고준을 떠나보내야 한다고 생각했다. 고맙고도 미운 사람이었다. 그리고 여자에게 하늘의 별을 선물한 유일한 사람이었다. 여자는 고준으로 고통스럽던 기억들 대신 별들의 시간에 나누었던 사랑만을 간직할 참이었다.

오늘밤 그 사람을 만날 생각이었어요.

…….

듣고 있나요?

예, 듣고 있어요.

그 사람이 제게 별을 선물했어요. 보이죠? 저 별.

여자가 가리키는 곳에 오리온이 맑게 빛나고 있었다.

그랬군요.

여자는 남자의 등에 뺨을 대고 엷은 미소를 지었다.

알비레오, 베타 AB 0″

남자의 등은 따뜻했다. 남자의 등에 업혀 여자는 남쪽 하늘에 돋아난 별을 보았다. 남자가 걸음을 옮길 때마다 별이 우쭐거렸다. 여자는 졸음이 왔다. 눈을 감자 마치 한 생을 살아낸 듯 피로가 몰려왔다. 남자는 왜 모피코트를 훔쳐 달아났을까. 내 발 사이즈와 똑같은 남자의 아내는 어떤 사람이었을까. 궁금했지만 여자의 생각은 오래 이어지지 않았다. 뺨이 닿은 곳에서부터 온기가 퍼져나갔다. 남자의 역한 체취가 차츰 익숙해졌다. 별빛이 여자의 등에 내려앉았다. 나무가 나이테를 그리는 속도로, 수천 광년 떨어진 이중성이 나란히 지구에 도달하는 속도로 별빛이 내렸다. 얼마나 느린 속도로 내리는지 여자는 자꾸만 졸음이 왔다.

추천사 | 김탁환(소설가)

느닷없이 시작하니, 독자도 등장인물도 어리둥절하다. 불친절하다
는 비판을 살 수도 있지만, 황보윤은 불거진 상황을 힘차게 밀어붙인
다. 양날의 검일까. 양면에 거울이 달린 문일까. 나아가는 문장과 물러
서는 문장이 아슬아슬하게 균형을 잡는다.

황보윤은 상처에 예민하다. 등장인물들이 치명적인 상처를 입는 순
간을 놓치지 않고 잡아낸다. 그때 그들은 고통에 붙들리지 않고 길을
나선다. 빈털터리더라도, 아프더라도, 받아들이기 힘든 버림을 받더라
도, 포기한 채 주저앉지 않고, 그 시간과 그 공간과 그 인간을 떠난다.

원치 않는 여정에서 맞닥뜨리는 낯설음과 불편함을 소설의 육체로

삼는다. 갑작스런 출발이었기에 계획 따위 있을 리 없다. 환대와 축복은 먼 나라 이야기다. 걸음걸음을 내디뎌 악바리처럼 살아내다가 문득 또 전혀 뜻하지 않은 순간에 비수처럼 옆구리를 찔린다. 길 위에서 부딪힌 누군가의 말, 누군가의 표정, 누군가의 행동이 겨우 가라앉힌 상처를 덧나게 만든다.

이 여행의 고약함이란, 기억의 늪에 빠지더라도 왔던 길로 되돌아갈 수 없다는 점이다. 상처 입힌 동네로부터 멀어질수록 어쩌면 위로와 어쩌면 평온이 찾아들까 기대하지만, 기억하는 한 원통하며 기억하는 한 억울하다. 갑자기 터진 울음은 겨우 일상의 리듬을 찾던 여정을 뒤틀어버린다.

그리하여 황보윤의 소설은, 또 우리의 인생은 어떻게 끝이 나는 가. 「산노리 가는 길」이나 「완벽한 가족」처럼 죽음이 아니고선 끝을 끝이라고 인정할 수 있는가. 「칼랑코에」처럼 기억의 제거를 끝이자 시작으로 받아들일 것인가. 「모니카, 모니카」처럼 인생을 연극에 끼워 맞추더라도, 솔밭 사이로 강물은 흐르고, 기러기는 날아가기 마련인 것을!

여기서 「이중성」의 특별한 재주가 빛을 발한다. 두 사람의 끝과 끝을 조밀하게 엮어 몸도 마음도 떨어질 수 없게 만들었으니, 다시 양날의 검이자 양면의 거울로 돌아온 셈이다. 서로의 상처를 찔러댄다면 이들의 여정이 두 배로 힘겨우리라. 그러나 그 상처를 번갈아 어루만지며 새벽을 맞는다면, 비록 여전히 길 위라고 하더라도, 가장 먼저 따듯한 시작을 품을 자격은 그들의 것이다.

황보윤의 소설은 길 위에 있다. 쉽게 편히 누울 집을 구하지 않으니, 오늘도 밤하늘을 우러르며 걸어야 하리. 당신과 내가, 독자와 작가가 이야기판을 돌면서, 그렇게 끝도 없이!

— 김탁환(소설가)

모두의 삶이 평화롭기를,

아무도 미워하지 않고,

누구도 원망하지 않고,

오직 살아 있다는 것에 감사하기를.

이런 바람들이 한 권의 책으로 묶였다.

이 책에 실린 글들이 댓돌 위에 고인 햇살 같아서

누구라도 언 발을 담글 수 있었으면 좋겠다.

작가의 말을 쓰기 전 고속도로를 달리고 있었다.

깜빡 졸았다는 사람의 차에 부딪쳐 도로 한복판에서 두어 바퀴 돌았다.

무서운 속도로 회전할 때 오히려 평온했다.

이대로 영원한 안식을 얻겠구나.

그러나 나는 열리지 않는 문을 밀치고 두 발로 걸어 나왔다.

아직 내게 할 일이 남았다는 것을 믿는다.

그것이 글을 쓰는 일이라면 성심을 다해야겠다.

한 존재에는 온 세상이 깃들어 있기에.

가족과 친지와 사랑하는 아들들과 벗들에게 감사와 사랑을 보낸다.

2018년 11월

황보윤

모니카, 모니카

초판 1쇄 인쇄 | 2018년 11월 23일
초판 1쇄 발행 | 2018년 11월 28일

지 은 이 | 황보윤
펴 낸 이 | 권영근
기획편집 | 조희림
책임편집 | 권영임
디 자 인 | 김세준

펴 낸 곳 | 도서출판 바람꽃
등   록 | 제25100-2017-000089
주   소 | (03387) 서울시 은평구 연서로22길 16-5, 501호(대조동, 명진하이빌)
전   화 | 010-7184-5890
팩   스 | 070-7314-6814
이 메 일 | greendeer@hanmail.net

ISBN 979-11-962706-4-3 03810

값 13,000원

전라북도 문화관광재단 지역문화예술육성지원금을 지원받아 제작되었습니다.

이 도서의 국립중앙도서관 출판시도서목록(CIP)은 서지정보유통지원시스템 홈페이지
(http://seoji.nl.go.kr)와 국가자료공동목록시스템(http://www.nl.go.kr/kolisnet)에서
이용하실 수 있습니다. (CIP제어번호: CIP 2018037858)

이 도서는 아모레퍼시픽의 아리따글꼴을 사용하여 디자인되었습니다.